KB163115

아픈건 싫으니까 방어력에 올인하려고 합니다.

[글] 유우미칸
[일러스트] 코인

All points are divided to VIT. Because a pained one isn't liked.

10

사리

Sally's STATUS

Lv64

HP 32/32

MP 130/130

[STR 125]

[VIT 0]

[AGI 180]

[DEX 45]

[INT 60]

윌버트
항상 여유로운 활잡이.
스킬 없이 필중의 화살을 날린다

릴리
[래피드 파이어]의
길드 마스터.
메이드 옷을 입으며
아군 지원, 지휘를 잘한다.

새로운 라이벌들과의 만남에서

히나타
인형을 안고 다니는 소녀.
적의 행동을 속박하면서 싸운다.
벨벳의 파트너.

벨벳
번개를 두르고 싸우는 소녀.
신예 길드 [thunder storm]의
길드 마스터.

「이거, 잡을 수 있구나!」

「음, 작아진 우주에 있는 느낌?」

SKILL Gale slash / Defense break / Encouragement / Down attack / Power attack /
Switch attack / Pinpoint attack / Consecutive slash V / Martial Art VIII / Fire Magic III /
Water Magic III / Wind Magic III / Ground Magic III / Dark Magic III / Light Magic III /
STR Enhancement large / Consecutive attack Enhancement large /
MP Enhancement medium / MP Saving medium /
MP Recovery speed Enhancement medium / Poison Resistance small /
Collecting speed Enhancement small / Knowledge of the dagger X /
Secret of the dagger I / Knowledge of Magic III / Status effect attack VIII / Hiding signs III
Detecting signs II / Stealthy steps I / Leaping V / Quick Change / Cooking I / Fishing /
Swimming X / Diving X / Shearing / Super Acceleration / Ancient Ocean / Addition of atta
Jack of all trades / Sword Dance / Cicada shell / Thread Master VII / Ice Pillar / Frost Zo
Bond with Hades / Huge erruption / Water Operation V

Sally's STATUS
Lv64   HP 32/32   MP 130/130
[STR 125] [VIT 0] [AGI 180] [DEX 45] [INT 60]

아픈 건
싫으니까
방어력에
올인하려고
합니다.

[글] 유우미칸
[일러스트] 코인

10

Welcome to
"NewWorld Online".

CONTENTS

All points are divided to VIT.
Because
a painful one isn't liked.

NewWorld Online STATUS ‖ GUILD 단풍나무

‖ NAME 메 이 플 ‖ Maple   LV **62**

HP 200/200   MP 22/22

PROFILE
강하고 튼튼한 방패 유저

게임 초심자였지만 방어력에 모든 능력치를
투자해 어떤 공격에도 대미지가 뜨지 않는 단
단한 방패 유저가 되었다. 뭐든지 즐길 수 있
는 솔직한 성격으로, 종종 엉뚱한 발상으로 주
위를 놀라게 한다. 전투에서는 온갖 공격을 무
효화하고 강력한 카운터 스킬을 퍼붓는다.

STATUS
⌈STR⌉ 000 ⌈VIT⌉ 16170 ⌈AGI⌉ 000
⌈DEX⌉ 000 ⌈INT⌉ 000

EQUIPMENT
‖ 초승달 skill 히드라
‖ 어둠의 모조품 skill 악식/심해의 부름
‖ 흑장미의 갑옷 skill 흘러나오는 혼돈
‖ 인연의 가교   ‖ 터프니스 링
‖ 생명의 반지

SKILL
【실드 어택】【몸놀림】【공격 피하기】【명상】【도발】【고무】【헤비 보디】
【HP강화(소)】【MP강화(소)】【심록의 가호】
【대형 방패의 소양Ⅷ】【커버 무브Ⅳ】【커버】【피어스 가드】【카운터】【퀵체인지】
【절대방어】【극악무도】【자이언트 킬링】【히드라 이터】【봄 이터】【쉽 이터】
【불굴의 수호자】【사이코 키네시스】【포트리스】【헌신의 자애】【기계신】【고독의 주법】【얼어붙는 대지】
【백귀야행Ⅰ】【천왕의 옥좌】【명계의 인연】【결정화】【대분화】【불괴의 방패】

TAME MONSTER
‖ Name 시 럽   높은 방어력을 자랑하는 거북이 몬스터.
【거대화】【정령포】【대자연】 etc.

NewWorld Online STATUS ‖ GUILD 단풍나무

‖ NAME 사 리 ‖ Sally LV 64

HP 32/32 MP 130/130

PROFILE
절대 회피의 암살자

메이플의 절친이자 파트너. 똑부러진 소녀. 친구를 잘 챙기고, 메이플과 함께 게임을 즐기려고 한다. 전투 스타일은 경장비 단검 이도류로, 경이로운 집중력과 컨트롤 실력으로 온갖 공격을 회피한다.

STATUS

[STR] 125 [VIT] 000 [AGI] 180

[DEX] 045 [INT] 060

EQUIPMENT

‖ 심해의 대거   ‖ 해저의 대거

‖ 수면의 머플러 skill 신기루

‖ 대해의 코트 skill 대해

‖ 대해의 옷

‖ 죽은 자의 발 skill 황천으로 가는 걸음

‖ 인연의 가교

SKILL

【질풍 베기】【디펜스 브레이크】【고무】
【다운 어택】【파워 어택】【스위치 어택】【핀포인트 어택】
【연속검Ⅴ】【체술Ⅷ】【불 마법Ⅲ】【물 마법Ⅲ】【바람 마법Ⅲ】【흙 마법Ⅲ】【어둠 마법Ⅲ】【빛 마법Ⅲ】
【근력강화(대)】【연속공격 강화(대)】
【MP강화(중)】【MP컷(중)】【MP회복속도강화(중)】【독 내성(소)】【채집속도강화(소)】
【단검의 소양Ⅹ】【마법의 소양Ⅲ】【단검의 극의Ⅰ】
【상태이상 공격Ⅷ】【기척 차단Ⅲ】【기척 감지Ⅱ】【발소리 죽이기Ⅰ】【도약Ⅴ】【퀵체인지】
【요리Ⅰ】【낚시】【수영Ⅹ】【잠수Ⅹ】【털 깎기】
【초가속】【고대의 바다】【추인】【잔재주꾼】【검무】【매미 허물】【웹 슈터Ⅶ】【얼음 기둥】【빙결영역】
【명계의 인연】【대분화】【물 조종술Ⅴ】

TAME MONSTER

‖ Name 오보로   다채로운 스킬로 적을 농락하는 여우 몬스터

【순영】【그림자 분신】【구속결계】etc.

NewWorld Online STATUS ||| GUILD 단풍나무

|| NAME 크 롬 ||| Kuromu LV 82

HP 940/940 MP 52/52

PROFILE
쓰러지지 않는 좀비 탱커

NWO에서 초반부터 이름이 알려진 상위 플레이어. 남들을 잘 돌봐주고 믿음직한 형 같은 존재. 메이플과 같은 방패 유저로, 어떤 공격에도 50% 확률로 HP 1을 남기고 버틸 수 있는 유니크 장비과 풍부한 회복 스킬이 어우러져 끈질기게 전선을 유지한다.

STATUS
⌈STR⌉ 135 ⌈VIT⌉ 180 ⌈AGI⌉ 040
⌈DEX⌉ 030 ⌈INT⌉ 020

EQUIPMENT
|| 참수 skill 라이프 이터 생명포식

|| 원령의 벽 skill 소울 드레인 흡 혼

|| 피투성이 해골 skill 소울이터 영혼포식

|| 피로 물든 하얀 갑옷 skill 데드 오어 얼라이브

|| 강건의 반지 || 철벽의 반지

|| 인연의 가교

SKILL
【돌진 찌르기】【속성검】【실드 어택】【몸놀림】【공격 피하기】【대방어】【도발】

【철벽체제】

【방벽】【아이언 보디】【헤비 보디】

【HP강화(대)】【HP회복속도강화(대)】【MP강화(대)】【심록의 가호】

【대형 방패의 소양X】【방어의 소양X】【커버 무브X】【커버】【피어스 가드】【카운터】

【가드 오라】【방어진형】【수호의 힘】【대형 방패의 극의Ⅶ】【방어의 극의Ⅵ】

【독 무효】【마비 무효】【스턴 무효】【수면 무효】【빙결 무효】【화상 내성(대)】

【채굴Ⅳ】【채집Ⅶ】【털깎기】

【정령의 빛】【불굴의 수호자】【배틀 힐링】【사령의 진흙】【결정화】【활성화】

TAME MONSTER
|| Name 네크로   몸에 걸치면 진가를 발휘하는 갑옷형 몬스터

【유령갑옷 장착】【충격반사】 etc.

Welcome to "NewWorld Online"

NewWorld Online STATUS ▐ GUILD 단풍나무

▐ NAME 이 즈 ▐ Iz   LV **68**

HP 100/100 MP 100/100

PROFILE
초일류 생산직

제작에 강한 애착과 긍지가 있는 생산 특화형 플레이어. 게임에서 마음대로 옷, 무기, 갑옷, 아이템 등을 만들 수 있다는 것에 매력을 느낀다. 전투에는 최대한 엮이지 않으려는 스타일이었지만, 최근에는 아이템으로 공격과 지원을 담당하기도 한다.

STATUS
[STR] 045 [VIT] 020 [AGI] 080
[DEX] 210 [INT] 085

EQUIPMENT
▐ 대장장이의 해머 X
▐ 연금술사의 고글 skill 심술쟁이 연금술
▐ 연금술사의 롱코트 skill 마법공방
▐ 대장장이의 레깅스 X
▐ 연금술사의 부츠 skill 새로운 경지
▐ 포션 파우치   ▐ 아이템 파우치
▐ 인연의 가교

SKILL
【스트라이크】
【생산의 소양 X】【생산의 극의 X】
【강화성공확률강화(대)】【채집속도강화(대)】【채굴속도강화(대)】
【생산개수증가(대)】【생산속도강화(대)】
【상태이상공격 III】【발소리 죽이기 V】【멀리보기】
【대장 X】【재봉 X】【재배 X】【조합 X】【가공 X】【요리 X】【채굴 X】【채집 X】【수영 VII】【잠수 VIII】
【털깎기】
【대장장이 신의 가호 X】【관찰안】【특성부여 IV】【식물학】【광물학】

TAME MONSTER
▐ Name 페 이   아이템 제작을 지원하는 정령
【아이템 강화】【리사이클】 etc.

NewWorld Online STATUS ▐ GUILD 단풍나무

▐ NAME 카 스 미 ▐ Kasumi   LV **79**

HP 435/435 MP 70/70

PROFILE
고고한 소드 댄서

솔로 플레이어로서도 높은 실력을 지닌 여성 칼잡이 플레이어. 한 발 물러서서 생각할 수 있는 차분한 성격으로 상식을 벗어난 메이플, 사리 콤비에게 언제나 놀람을 금치 못한다. 전황에 따라 다양한 도(刀) 스킬을 전개하며 싸운다.

STATUS
[STR] 205 [VIT] 080 [AGI] 095
[DEX] 030 [INT] 030

EQUIPMENT
▐ 자해의 요도 · 유카리   ▐ 분홍색 머리장식
▐ 벚꽃의 옷   ▐ 보라색 하카마
▐ 사무라이의 각반   ▐ 사무라이의 토시
▐ 금 허리띠   ▐ 벚꽃 문장
▐ 인연의 가교

SKILL
【일섬】【투구 쪼개기】【가드 브레이크】【후리기】【간파】【고무】【공격체제】
【도술Ⅹ】【일도양단】【투척】【파워 오라】【갑옷 베기】
【HP강화(대)】【MP강화(중)】【공격강화(대)】【독 무효】【마비 무효】【스턴 내성(대)】【수면 내성(대)】
【빙결 내성(중)】【화상 내성(대)】
【장검의 소양Ⅹ】【도의 소양Ⅹ】【장검의 극의Ⅵ】【도의 극의Ⅶ】
【채굴Ⅳ】【채집Ⅵ】【잠수Ⅴ】【수영Ⅵ】【도약Ⅶ】【털깎기】
【멀리보기】【불굴】【검기】【용맹】【괴력】【초가속】【전장의 마음가짐】【심안】

TAME MONSTER
▐ Name 하 쿠   안개 속에서 기습하는 것이 특기인 흰 뱀.
【초거대화】【마비독】 etc.

NewWorld Online STATUS ‖ GUILD 단풍나무

‖ NAME 카 나 데 ‖ Kanade
LV 55

HP 335/335 MP 250/250

PROFILE
자유분방 천재 마술사

중성적 용모, 엄청난 기억력을 지닌 천재 플레이어. 그 두뇌 때문에 다른 사람들과의 교류를 피하는 타입이었지만, 순진무구한 메이플과는 마음을 터놓고 친해졌다. 사전에 다양한 마법을 마도서로 저장해 놓을 수 있다.

STATUS
[STR] 015 [VIT] 010 [AGI] 090
[DEX] 050 [INT] 115

EQUIPMENT
‖ 신들의 지혜 skill 신 계 서 고 ^{아카식 레코드}
‖ 다이아 뉴스보이캡Ⅷ
‖ 지혜의 코트Ⅵ ‖ 지혜의 레깅스Ⅷ
‖ 지혜의 부츠Ⅵ
‖ 스페이드 이어링
‖ 마도사의 글러브 ‖ 인연의 가교

SKILL
【마법의 소양Ⅷ】【고속영창】
【MP강화(대)】【MP컷(대)】【MP회복속도강화(대)】【마법위력강화(중)】【심록의 가호】
【불 마법Ⅶ】【물 마법Ⅴ】【바람 마법Ⅶ】【흙 마법Ⅴ】【어둠 마법Ⅲ】【빛 마법Ⅶ】
【마도서고】【사령의 진흙】
【마법융합】

TAME MONSTER
‖ Name 소 우 플레이어의 능력을 복사할 수 있는 슬라임
【의태】【분열】 etc.

NewWorld Online STATUS ‖ GUILD 단풍나무

‖ NAME 마 이 ‖ Mai **LV 50**

HP 35/35 **MP** 20/20

PROFILE
쌍둥이 침략자

메이플이 데려온 공격 올인 초심자 플레이어
쌍둥이 자매. 유이의 언니로, 다른 사람들의
도움이 되고자 애쓰고 있다. 게임 내 최고봉의
공격력을 가지고 이도류 망치로 근거리 적을
분쇄한다.

STATUS

⸢STR⸥ 500 ⸢VIT⸥ 000 ⸢AGI⸥ 000
⸢DEX⸥ 000 ⸢INT⸥ 000

EQUIPMENT

‖ 파괴의 검은 망치 X
‖ 블랙돌 드레스 X
‖ 블랙돌 타이츠 X
‖ 블랙돌 슈즈 X
‖ 작은 리본   ‖ 실크 글러브
‖ 인연의 가교

SKILL

【더블 스탬프】【더블 임팩트】【더블 스트라이크】
【공격강화(대)】【대형망치의 소양 X】
【투척】【비격】
【침략자】【파괴왕】【자이언트 킬링】【디스트로이 모드】

TAME MONSTER

‖ Name 츠키미   검은 털이 특징인 곰 몬스터
【파워 쉐어】【브라이트 스타】 etc.

NewWorld Online STATUS ‖ GUILD 단풍나무

‖ NAME 유 이 ‖ Yui LV **50**

HP 35/35　MP 20/20

PROFILE
쌍둥이 파괴왕

메이플이 데려온 공격 올인 초심자 플레이어 쌍둥이 자매. 마이의 동생으로, 마이보다 적극적이고 회복이 빠르다. 게임 내 최고봉의 공격력을 가지고 이즈가 만든 쇠구슬을 던져서 원거리 적을 분쇄한다.

STATUS
[STR] 500　[VIT] 000　[AGI] 000
[DEX] 000　[INT] 000

EQUIPMENT

‖ 파괴의 하얀 망치 X
‖ 화이트돌 드레스 X
‖ 화이트돌 타이츠 X
‖ 화이트돌 슈즈 X
‖ 작은 리본　‖ 실크 글러브
‖ 인연의 가교

SKILL
【더블 스탬프】【더블 임팩트】【더블 스트라이크】
【공격강화(대)】【대형망치의 소양 X 】
【투척】【비격】
【침략자】【파괴왕】【자이언트 킬링】【디스트로이 모드】

TAME MONSTER
‖ Name 유 키 미　하얀 털이 특징인 곰 몬스터
【파워 쉐어】【브라이트 스타】 etc.

프롤로그

목표한 대로 제8회 이벤트 본선 최고 난이도에 도전한 【단풍나무】 길드 멤버들은 시간 가속 중인 이벤트 필드에서 3일 동안 메달을 수집하게 되었다.

살아남은 날짜에 따라 받는 메달이 늘어나므로 생존이 가장 중요하지만, 필드 던전에 배치된 메달을 모아서 더 많은 메달을 구할 수도 있다. 죽지 않도록 조심하면서 위험을 무릅쓸 수만 있다면 더 좋은 결과를 얻을 수 있는 셈이다.

그런 이벤트에서, 메이플 일행은 첫날에 두 팀으로 나눠 새로운 전력인 테이밍 몬스터의 능력을 활용해 순조롭게 던전을 공략하고 보스를 격파했다.

이번 이벤트는 한 번 죽으면 끝나지만, 방어력이 뛰어난 메이플을 중심으로 생존에 특화된 멤버들이 신중하게 공략하면 어지간한 일이 없고서야 문제가 될 일이 없다.

그리하여 메이플 일행은 욕심을 부리지 않고 서둘러 탐색을 접은 뒤, 이벤트 1일차를 마치는 데 성공했다.

하지만 이벤트 2일차에는 기믹 때문에 멤버 모두가 필드에

뿔뿔이 흩어지게 되었다.

플레이어 모두가 메시지 연락을 차단당하고 지도를 볼 수 없는 악조건에서 몬스터가 강화된 필드에 랜덤으로 전이되는 가운데, 필연적으로 강자가 살아남게 된다. 그리고 메이플과【단풍나무】길드 멤버들은 우연히 합류한【집결의 성검】,【염제의 나라】멤버들과 동맹을 맺게 되었다.

공중에서 불꽃놀이 폭죽처럼 폭발하는 메이플을 찾아서 모인 세 길드 멤버들은 다시 설치한【단풍나무】의 거점 동굴에서 밀려드는 몬스터를 물리치는 데 성공했다.

그리고 몬스터가 얼마나 강한지 가늠한 세 길드의 멤버 총 16명은 다시 던전 탐색에 나섰다. 메이플 일행은 상성이 좋도록 세 길드의 혼성 파티를 결성하고, 제각기 던전을 공략해서 메달을 챙기고 3일차를 기다리게 되었다.

그리고 이벤트 3일차, 필드 어디에서나 보일 정도로 거대한 제8회 이벤트 보스가 전체 공격을 날리는 가운데, 메이플 일행은 페인, 미이 일행과 협력해 이를 격파하고, 스킬을 입수하는 데 충분한 메달을 확보하고 이벤트를 끝낼 수 있었다.

I장 방어 특화와 I층 관광.

제8회 이벤트가 다 끝나고, 【단풍나무】 길드는 이벤트 목표도 달성할 수 있었다. 이제는 입수한 메달을 어떻게 쓸지가 문제다. 이벤트에서 얻은 메달은 레어 스킬이나 아이템으로 교환할 수 있다.

애초에 두 사람 모두 장비가 거의 고정된 상태여서, 스킬 쪽에 관심이 더 갔다.

카에데(메이플)와 리사(사리)는 학교에서 귀가하면서 그 이야기를 했다.

"카에데는 어떤 스킬로 교환할지 정했어?"

"아직~. 교환 기간은 더 남았으니까 마지막까지 생각해 보려고."

"다른 사람들하고 똑같구나."

"리사는?"

"나도 그래. 다음 이벤트는 한동안 없을 테고, 당장 끌리는 스킬도 없으니까."

리사의 말처럼, 길드 전력이 중요했던 제8회 이벤트가 막 끝난 참이므로 【단풍나무】는 서둘러서 전력을 보강할 필요가 없다. 7층은 꽤 넓게 만들어진 필드이고, 8층 업데이트도 아직 멀었을 테니까 현재는 당장 급한 목표가 없다.

"또 느긋하게 지낼 수 있겠네!"

"그래. 레벨도 올리고 스킬도 찾으면서 다음을 대비할까."

리사가 그렇게 말하자 카에데는 뭔가 떠오른 것처럼 환한 표정을 짓는다.

"그렇지! 스킬을 찾아볼 거면 같이 예전 층들을 돌아보지 않을래? 안 가 본 곳도 아직 많으니까!"

"하긴. NWO는 층 하나하나가 무척 넓으니까. 1층에서도 【절대방어】를 찾은 걸 보면 뭔가 더 있을지도 몰라."

리사도 가 본 적이 없는 곳을 탐색하는 것이 나쁘지 않다고 생각했다. 여러모로 숨겨진 요소가 많다는 사실은 카에데가 몸소 증명한 바 있다. 다만 카에데의 표정으로는 스킬이나 아이템을 찾는 것이 주목적이 아님을 알 수 있었다.

"후후. 그래. 관광이라도 하면서 스킬을 찾아보실까."

"아하하. 눈치챘어?"

"글쎄? 난 괜찮아. 좋은 곳을 찾으러 가자. 계획은 없어도 되겠지?"

"응! 아직 구경하지 못한 경치를 찾으러 가자!"

전투도 게임의 재미 요소지만, 단순히 게임 속 세계를 돌아다니는 것도 재미 요소다.

이벤트에서 격전을 마친 두 사람은 1층부터 7층까지를 느긋하게 돌아다니기로 했다.

"아, 물론 6층은 안 갈 거야."

6층은 사리가 질색하는 호러 맵으로, 관광할 겨를이 없다. 일부러 그런 데로 놀러 갈 필요는 없으리라.

"응…… 고마워. 게임에서 보자."

"응!"

두 사람은 귀갓길에서 손을 흔들고 헤어졌다. 기대된다는 느낌으로 흥겹게 뛰는 카에데를 보고, 리사는 무심코 웃음을 지었다.

리사도 귀로에 오르면서 지금까지 있었던 모험을 떠올렸다.

카에데는 지금껏 했던 게임과 비교해서 훨씬 오래 계속하고 있고, 여전히 즐거워 보인다. 그것은 리사도 기쁘지만, 과연 얼마나 오래갈지 조금 불안하기도 하다.

"지금은 즐겨야지! 저렇게 푹 빠진 건 처음이니까."

지금은 즐기고 있다. 자신도 즐겁다.

그러면 된다고, 리사는 게임에 접속하기 위해서 서둘러 집으로 갔다.

서둘러 귀가한 리사는 옷을 갈아입고 곧장 게임에 접속했다.

이제부터는 플레이어인 '사리'로서 메이플이 오기만을 기다린다.

"미안해! 기다렸어?"

"아니야. 지금 막 들어왔어. 그런데 오늘은 정말로 아무 계획도 없는걸?"

어떻게 할지 물어보자 메이플은 싱긋 웃더니 아무 계획 없이 느긋하게 돌아다니자고 다시 제안했다.

"그러면 가 보자. 예전 층이라면 몬스터가 상대도 안 될 테니까 준비할 필요도 없겠지."

"응, 출발!"

메이플과 사리는 1층으로 전이하고 마을을 둘러봤다.

게임 서비스가 시작했을 무렵과 비교하면 업데이트된 지역이 많아서 인구가 분산된 만큼, 마을에 있는 사람들도 줄어들었다. 그래도 아직 활기가 넘친다.

"오랜만이네."

"새로운 지역 공략과 탐색에 몰두하다 보니까 말이지."

"어딜 갈까?"

"어디든 상관없어. 메이플 마음대로 해."

"그러면 먼저 마을 안부터!"

"오케이."

두 사람은 마을을 걸어 다녔다. 1층 마을을 오래전에도 돌아다닌 적이 있지만, 그때와 비교하면 플레이어와 건물 모두 확연하게 달라졌다.

원래는 없었던 플레이어의 가게가 그런 변화에 해당한다. 처음 지역과 최신 지역은 인구가 많아져서 1층이라도 수요가 있는 것이다.

"그러고 보니 초기 장비인 사람은 거의 없네."

"뭐, 이만큼 장비와 의상이 많아지면 룩과 성능에 맞춰 마음대로 바꿀 수 있으니까."

"하긴, 그렇겠구나."

"초창기에만 느낄 수 있는 정취가 있는 셈이야."

"아하~."

메이플과 사리는 낯선 가게에 차례차례 들어가 봤다. 액세서리와 옷, 바로 길드에 가입한 사람들을 위한 가구 등, 하나같이 7층에 뒤지지 않는 라인업이다.

"오오! 굉장해!"

"스킬 레벨이 높지 않으면 만드는 데 제한이 있을 텐데. 이즈 씨 같은 고레벨 생산직이 여기에도 가게를 차린 걸까?"

"꾸미는 건 즐거우니까."

메이플이 가게 안쪽으로 타박타박 걸어가자 사리도 덩달아서 안에 들어갔다.

"뭐 살래?"

"음…… 살까?"

"왜, 아까도 이상하게 시선을 끌었잖아."

"으으, 예전에도 그랬어. 기분이 조금 이상해."

메이플은 인간 형태와 그렇지 않은 형태 모두가 유명하다. 이 토록 특징적인 갑옷을 입으면 자연스럽게 주목받는 법이다. 물론 사리도 남 말할 처지는 아니다.

"뭐, 너무 눈에 띄면 느긋하게 관광하기 어려우니까. 복장과 외모를 바꾸자!"

"그렇다면 예전에 산 옷이 좋지 않을까? 이거!"

메이플이 잽싸게 장비를 변경하자 의상이 하얀 원피스로 바뀌고, 머리카락도 길어졌다.

"사리도 있지?"

"윽, 그야…… 있지만. 그건 좀…….'

너무 귀여워서 나한테는 안 어울린다고 사리가 말하자, 메이플은 곧장 그렇지 않다고 대꾸했다.

"그럼 머리 모양만이라도 바꿀게! 그 정도는 괜찮지?"

"음…… 허가할게."

"후후. 고마워."

메이플에게 허가를 받은 사리도 복장을 변경한다. 기본이 파란색인 점은 변함이 없지만, 프릴 장식이 늘어나고 평소 잘 입지 않는 치마 장비로 바뀌었다. 예전에 같이 산 트윈테일 머리 모양으로는 변경하지 않고, 평소 포니테일 모양으로 두는 머리를 그냥 풀어 내렸다.

"으음…… 별로 특이하지 않아."

메이플의 턱에 손을 대고 말하자 사리는 잠시 고민한 다음, 좋은 생각이 났다는 듯이 대답한다.

"봐봐. 이러면 똑같잖아!"

메이플은 똑같이 스트레이트로 내린 자기 머리카락을 슬쩍 보고 표정을 풀었다.

"에헤헤, 괜찮아."

"오케이! 그럼 소품이라도 구경하자. 원래 그게 목적이었으니까."

"그러자! 사리는 뭐 필요한 거 있어?"

두 사람은 가게에서 파는 가구 리스트를 보면서 길드에 있는 방을 생각했다. 이즈에게 만들어 달라고 부탁해도 좋지만, 이런 데서 사 보는 것도 괜찮다.

"음…… 길드 홈에선 거의 거실에만 있단 말이지."

"나는 방에도 가구를 배치해 봤어! 레벨을 올리려고 필드에 있으면 볼 수 없지만……."

"그랬구나. 다음에 구경해도 돼?"

"물론! 참고가 될진 모르겠지만. 아, 사리는 이런 게 어울리지 않을까?"

메이플은 알기 쉽게 근사해 보이는 가구를 추천해 봤다. 사리는 그 가구를 자세히 보다가 마음에 들었는지 전부 샀다.

"와! 통이 커!"

"레벨을 올리면서 돈도 벌었으니까. 옛날하고 다르게 돈이 많아."

"부럽다. 난 맨날 돈 없어~."

"메이플은 사는 게 많으니까."

"또 돈 모아야지……."

"그때는 나도 도울게."

"고마워! 응응. 사고 싶은 거라도 점찍어 둬야지."

두 사람은 가게 상품을 전부 구경한 다음 밖으로 나와 마을을 걷기 시작했다.

예상대로 복장과 머리 모양을 바꾸면 한눈에 메이플과 사리임을 알아챌 수 없다. 사람들의 시선이 사라지자 두 사람은 성공했다며 서로를 보고 웃은 다음, 한 가게에 들어갔다.

게임을 처음 시작했을 무렵에 둘이서 같이 케이크를 먹으러 간 가게다.

메이플과 사리는 예전과 똑같이 케이크를 주문하고 수다를 떨기 시작했다.

"메이플은 그때 오고 두 번째지?"

"응. 최신 지역에서 할 일이 많았으니까."

"뭐, 업데이트 때마다 따라가는 것도 쉽지 않으니까."

"그래. 지금은 조금 느긋하게 지낼 수 있을 것 같아."

"하긴. 메이플은 어느 지역이 가장 좋아?"

"정하기 어려운데…… 다 좋아!"

"메이플다운걸."

순진하게 웃으며 대답하는 메이플은 진심으로 뭐든 즐거운 것처럼 보인다. 단순히 즐거워 보이기만 하는 것이 아니라, 정말로 즐거운 것이다.

　"사리는?"

　"음…… 기본은 메이플이랑 함께라면 어디든지."

　"헤헤헤, 진짜?"

　"진짜. 그래서 같이 게임 하자고 했는걸?"

　"싸울 때도 활약할 수 있어서 다행이야. 예전에 같이 한 게임은 별로였으니까."

　"뭐, 이번엔 너무 잘 풀리는 감이 있지만."

　"아하하, 그건 그래."

　게임은 사리가 더 잘한다. 억지로 맞추지 않아도 두 사람이 비슷하게 강해서 호흡을 맞출 수 있는 지금 상황이 신기한 셈이다.

　그렇게 두 사람이 케이크를 먹으면서 잡담하고 있을 때, 사리가 잠시 말을 멈췄다가 입을 열었다.

　"또, 다른……."

　"?"

　메이플이 다음 말을 기다리자 사리는 슬쩍 웃고 기분을 바꾸듯이 가게 메뉴판을 펼쳤다.

　"아냐. 다른 케이크 먹을래? 메뉴 봐봐."

　"어? 응! 먹을래! 사리는?"

"당연히 나도 먹어야지. 아, 하지만 예전처럼 먹는 데만 정신 팔리지 마. 관광은 이제 막 시작한 참이니까."

"맞아. 조심해야지!"

그리하여 두 사람은 평화로운 분위기 속에서 케이크에 포크를 댔다.

케이크를 다 먹은 메이플과 사리는 만족하고 가게를 나와 마을을 구경한 다음, 필드로 나가게 되었다.

"1층이라면 메이플은 갑옷이 없어도 괜찮지?"

"후후후. 물론이야! 장비가 없어도 VIT가 네 자릿수인걸!"

메이플은 만약을 대비해 수수한 단도만 장비하고, 대형 방패는 도로 집어넣은 상태다.

그렇게 요란한 방패를 꺼내면 메이플인 줄 금방 알 것이다.

"전투는 나한테 맡겨. 1층 몬스터한테는 안 지니까."

"응, 그럴게!"

두 사람은 마을 출구까지 왔지만, 이제부터 어떻게 할지 생각했다.

"어딜 갈까?"

"메이플이 생각나는 대로 가도 되지만. 그러게……."

사리는 그렇게 말하고 지도를 켰다. 그러자 메이플도 그 지도를 들여다본다.

"예전에 1층을 탐색했을 때는 여기랑 여기를 가 봤지? 그리고 여기가 지하 호수잖아?”

“응응.”

“재미있는 이벤트나 숨겨진 경치는 한 군데에 쏠리지 않는다
고 생각하거든.”

“진짜 그럴지도!”

“그렇다면 간 적이 없는 곳…… 이쯤일까? 이쪽을 중심으로
가 볼래?”

“응! 그러자!”

“결정! 그러면 오랜만에, 탈래?”

“탈래!”

시럽의 공중부유나 【포학】 변신은 메이플을 상징하는 이동
수단이다. 그것을 안 쓴다면 이동 방법으로는 이것밖에 없다.

메이플을 등에 업고, 두 손이 어깨를 단단히 붙잡은 것을 확
인한 다음, 사리가 달리기 시작한다.

“처음에는 진짜 느렸는데!”

“지금은 조금 극복했어!”

“요새는 메이플을 탈 일이 많으니까.”

“은혜 갚기라고 생각하면 되겠네!”

“그래. 몬스터는 최대한 피해서 갈게!”

사리는 AGI가 올라서 1층 시절보다도 훨씬 빠르게 바람을 가
르며 질주했다.

“후후. 목적지에 도착할 때까지 잠시 기다려 주세요, 손님!”

"네~!"

◆ □ ◆ □ ◆ □ ◆ □ ◆

그리하여 메이플과 사리는 처음에 점찍은 곳에 도착했다. 햇빛이 들고 새가 지저귀는 소리가 들려오는 숲 입구에서, 사리는 이동을 멈추고 메이플을 내린 다음 지도를 다시 확인한다.

"여기야. 꽤 넓은 숲이니까 뭔가 있을지도?"

"다른 사람이 하나도 안 보여. 지금도 이렇게 예쁜데!"

"마을에선 조금 머니까. 1층에서도 몬스터가 제법 강하지 않을까?"

"그렇구나. 다른 사람이 없을 때는【헌신의 자애】를 켤까?"

사리가 쉽게 공격에 맞지는 않을 테지만, 사리의 HP와 VIT는 1층 때부터 변함이 없으니까 레벨이 올랐어도 한 대만 맞으면 죽는다는 사실에는 변함이 없다.

"느긋하게 둘러볼 예정이니까, 부탁할게."

"네~!"

메이플은【헌신의 자애】를 발동하고 사리를 범위에 넣어서 숲속을 나아갔다. 사리가 말한 것처럼 꽤 넓은 숲이므로 지도를 보면서 똑같은 곳을 뱅뱅 돌지 않도록 탐색한다.

"아! 다람쥐가 있어! 사리!"

"덤벼들고 있지만 말이야!"

숲속에서 움직이는 것은 대부분 몬스터다. 일반적인 다람쥐보다 조금 큰 다람쥐가 잽싸게 움직여 수풀에서 메이플에게 덤벼들지만, 메이플은 두 팔을 벌려서 받았다. 털이 복슬복슬한 다람쥐는 열심히 할퀴려고 드는 것만 빼면 귀엽다.

"캐치!"

"옷의 내구도는 조심해."

"아, 그렇지. 그럼…… 여기 올라가!"

메이플은 다람쥐를 머리 위에 올리고 손을 뗐다. 머리 위에서 목까지 분주히 움직이며 공격하지만, 유효타는 뜨지 않는 듯했다.

"마을 근처에는 곤충 몬스터가 많으니까, 구경할 때는 여기가 더 좋은걸."

"응! 또 튀어나오지 않을까…… 앗!"

메이플의 머리에 있던 다람쥐가 피해를 줄 수 없다는 사실을 깨달았는지 뛰어내려서 수풀 속으로 도망쳤다.

"그렇구나. 도망치는구나."

"뭐, 레어 몬스터도 아닌 것 같으니까 좀 있으면 또 달려들지 않을까?"

"흐흥. 언제든지 받아줄게!"

메이플은 아직 못 본 몬스터에게 말하고, 다시 숲을 돌아보며 다녔다.

"음…… 그냥 숲……일까? 뭔가 있을 것처럼 넓은데."

"그래도 느긋하고 좋은걸? 산책하는 느낌이야!"

"그래? 그럼 다행이고. 뭐라도 먹으면서 갈까?"

그렇게 말한 사리는 인벤토리에서 샌드위치를 꺼내 메이플에게 내밀었다.

"고마워! 잘 먹겠습니다! 응…… 사리, 이거 봐봐!"

"어? 나, 나비……?"

녹음이 짙은 숲속에서 햇빛을 반사해 파랗게 빛나는 날개가 두드러지게 보인다.

"레어 몬스터일까? 아까만 해도 작은 동물만 있었으니까."

"날아가 버려! 가 보자!"

"오케이!"

사리는 메이플을 등에 업고 나무와 나무 사이를 누비듯이 훌쩍훌쩍 뛰어서 파란 나비를 쫓았다. 그러나 거리는 좀처럼 줄어들지 않는다.

"이상하게 빠르네……. 뭐, 1층 몬스터를 못 따라잡을 일은 없지만!"

"힘내라, 사리~!"

"나만 믿어. 놓치지 않게……!"

그렇게 한동안 따라가자 나무 너머에서 흘러나오는 빛이 더욱 강해지고, 두 사람은 탁 트인 곳으로 나왔다.

조금 큰 나무를 중심으로 형형색색의 꽃이 흐드러지게 핀 꽃밭이 펼쳐졌는데, 그곳에 두 사람이 쫓아온 파란색 나비가 여러 마리 날아다녔다.

"오~!"

"딱히 이벤트……인 건 아닌가?"

사리는 메이플을 내려주고 둘이서 꽃밭으로 걸어갔다. 메이플은 꽃밭 한복판에서 신나게 빙빙 돌더니, 이어서 쪼그려 앉아 바닥에 있는 꽃을 확인했다.

"으으. 꽃을 챙길 수는 없나 봐."

"그렇구나. 그러면 기념으로 사진 찍을래?"

"응! 사리도 이쪽으로 와!"

나무를 배경으로 꽃밭도 들어가게 둘이서 사진을 한 장 찍었다. 사리가 화면을 확인하고 메이플에게 전송했을 때, 메이플이 갑자기 몸을 슥 기댔다.

"메이플?"

"…………."

반응이 없는 메이플을 이상하게 여긴 사리가 스테이터스 창을 확인했다. 그러자 메이플에게 수면 상태이상이 떠서, 사리는 원인을 찾아보려고 주변을 둘러봤다.

"저 나비 때문일까……?"

자세히 보니 햇빛에 반짝반짝 빛나는 가루가 퍼지는 것을 알아챈 사리는 아마도 그것이 원인이라고 예상했다.

"역시 1층에도 골치 아픈 게 있구나. 뭐, 메이플이라면 괜찮겠지."

수면 말도고 다른 상태이상이 있을지도 모르지만, 당장 메이플의 HP에는 변화가 없고 공격받아도 대미지가 뜰 일이 없다. 사리도 【헌신의 자애】 범위에 있으면 문제없다.

　"그나저나 이런 몬스터가 있으면 뭔가 더 있을 법한데……잘 찾아온 걸까?"

　메이플의 몸을 나무줄기에 기대게 하고, 사리는 나무 위에서 보인 반짝이는 무언가를 확인하고자 【헌신의 자애】 범위를 조심하면서 나무를 탔다.

　"사과……이긴 한데, 이건…….."

　나비처럼 색이 파란 그것은 말 그대로 파란 사과다. 식욕을 자극하지는 않지만, 보석처럼 예뻤다.

　"【수면의 과실】…… 소재일까? 아무튼 좋은 기념품이 될 것 같아."

　사리는 그 사과를 두 개 따서 나무에서 내려왔다. 그러자 때마침 메이플의 수면 상태이상이 풀려서 정상으로 돌아왔다.

　"사리, 괜찮아?!"

　"메이플 덕분에 괜찮아. 이건 방금 찾아서 챙긴 거야."

　"굉장해! 예뻐!"

　"메이플 거랑 내 거가 있으니까 기념으로 가지자."

　"오오! 그럼 이번 모험 목표에 간 곳마다 기념품을 챙기는 것도 추가하자!"

　"좋은걸. 어쩔까? 조금만 더 꽃밭을 구경하다 갈래?"

그렇게 말한 사리는 메이플에서 수면 내성 포션을 보여줬다. 메이플은 대답하는 대신에 그 포션을 받았다.

다소 성가시기는 해도 몬스터 자체는 1층 몬스터라서, 메이플에게 유효타를 주는 몬스터는 나타나지 않았다. 두 사람은 마음껏 꽃밭을 즐기고 숲을 뒤로했다.

"참 좋았어~. 역시 아직 안 간 곳이 많아……."

"아무튼 가장 새로운 지역으로 금방 이동했으니까. 그것도 개척하는 느낌이 들어서 즐겁지만."

"다음엔 뭘 할까?"

"음…… 정말로 아무것도 안 정하고 출발했으니까. 보고 싶은 경치는 없어? 왜 있잖아. 바다가 보고 싶다거나, 산이 보고 싶다거나."

"음…… 그럼 하늘에 떠 있는 성에 가 보고 싶어!"

"……! 아하. 좋아. 언제 한번 가 보자고 약속했으니까."

"에헤헤. 딴짓은 시간이 있을 때 많이 해야지!"

이른바 부유성. 1층에서 사리와 방문한 해바라기 밭에서도 본 적이 있지만, 지역이 늘어나고 다양한 던전과 지형이 추가된 지금이라면 어딘가에 정상적으로 공략할 수 있는 던전으로 존재해도 이상하지 않다.

"그렇다면 계획 없이 탐색하는 건 그만둬야겠네. 정보가 없는지 찾으러 가자. 그리고 뭔가 더 필요할지도 모르니까."

"응!"

"돌아갈 때도 타고 갈래?"

"네~!"

"돌아가는 길에도 무슨 일이 생길지 모르니까."

"난 아무 일이 안 생겨도 좋아!"

"그렇게 말해 준다면 기쁜걸……."

이렇게 둘이서 같이 있기만 해도 충분하다며 웃는 메이플에게 사리도 덩달아 웃어 주고, 두 사람은 다시 마을로 돌아갔다.

2장 방어 특화와 부유성.

　부유성의 정보를 찾으려고 마을로 돌아온 메이플과 사리는 곧바로 현재 발견된 던전 중에서 자신들이 찾는 곳이 있는지 확인했다.

　"오, 메이플. 있어."

　"오오! 진짜?!"

　"응. 뭐, 전형적인 곳이니까. 그래도 장소는 1층이 아니라 5층. 게다가 이번엔 관광 명소가 아니라 완전히 던전이라고 하니까, 단단히 준비하고 가야겠어."

　"으, 그러면 힘을 써야겠네."

　5층이라면 1층과 비교해서 두 사람이 위협으로 느낄 몬스터도 늘어날 것이다. 1층 꽃밭과는 다르게 보스도 있는 듯한 던전이라면 더더욱 그렇다.

　"경치가 어떤지는 안 나왔지만, 5층에서도 꽤 높은 곳에 있다고 하니까 좋을 거야."

　"응! 기대돼!"

　"그러면 바로 출발해 볼까."

"응!"

장비 내구도를 확인하고 이즈가 만든 포션을 보충한 다음, 두 사람은 부유성이 있는 곳으로 이동했다.

"5층도 오랜만에 온 것 같아!"

"여전히 눈이 부실 정도로 새하야네."

벽과 바닥을 비롯해 사방이 눈으로 된 5층은 사리가 말한 것처럼 눈이 부실 만큼 하얗다. 부유성은 최근에야 겨우 발견한 던전으로, 가려면 시간이 꽤 걸리는 곳에 있다고 한다. 장비도 1층에서 변장한 모습에서 전투용으로 돌리고, 사리는 목적지로 이동하면서 메이플에게 부유성을 설명했다.

"마지막에는 마법진으로 이동한다고 하니까, 시럽으로 곧장 날아갈 수는 없을 거야."

"흠흠."

"가는 길은 별로 어렵지 않은데, 오히려 놓치기 쉬워서 지금껏 발견하지 못한 느낌이야."

"그렇구나! 으으, 그런 델 처음 발견하면 가슴이 엄청 두근거릴 것 같아!"

"그렇겠지. 그래도 메이플은 많이 발견한 편인데?"

여러모로 발견하지 않았다면 메이플의 스킬 구성이 이렇게 되지는 않았을 것이다.

"앞으로도 많이 탐색하고 싶어! 사리한테 괜찮아 보이는 장비가 있으면 줄게."

"나도 그럴 거야. 아, 메이플. 여기야."

"여기?"

두 사람이 찾아온 곳은 높이 솟은 구름이 주위를 에워싼 막다른 길이다. 5층에서는 딱히 신기하지 않은 광경이고, 다른 데도 비슷한 곳이 있으니까 주목받지 못한 것이리라.

"아무것도 없는 것처럼 보이지만…… 정보에 따르면……."

사리는 구름 벽에 다가가 두 손으로 쓱 밀었다. 몇 군데를 그렇게 했을 때, 사리의 손이 구름 벽에 푹 들어갔다.

"찾았다! 여기를 빠져나갈 수 있다나 봐."

"헤에, 굉장해……. 어떻게 찾았을까?"

"우연 아닐까? 메이플도 평소 그러잖아?"

"정말 그러네!"

무사히 부유성으로 가는 길을 찾은 두 사람은 구름으로 들어갔다. 이전보다도 사방이 훨씬 하야므로, 아까처럼 숨겨진 통로가 어디 있는지 세심하게 구름을 뒤지며 탐색해야 한다.

"우와, 예쁘긴 한데…… 길이 어디 있는지 모르겠어."

"진짜 숨겨진 던전 느낌이 나는걸. 뭐, 이번엔 선구자의 지혜를 빌려서 팍팍 가자."

"응!"

사리가 선두에 서서 공략 루트를 확인하고, 오른쪽 왼쪽으로 구름 속을 나아간다. 몬스터가 없는 만큼, 이동은 복잡하지만 순조롭게 진행할 수 있었다.

그렇게 이동하기를 십여 분.

"휴…… 제법 많이 걸었나……?"

"사방이 전부 구름이니까 느낌이 이상해. 하지만 잘못 온 게 아니라면 얼마 남지 않았을 거야…… 좋아!"

사리가 구름 하나를 더 헤치고 건너편을 확인했을 때, 해냈다는 것처럼 소리쳤다. 메이플도 서둘러 옆에서 얼굴을 내밀자 구름과 똑같이 하얀 소재로 지어진 신전과도 같은 건물이 있고, 그 중심에서 마법진의 빛이 떠오르는 것이 보였다.

"사리, 여기야?"

"그래. 여기부터 시작인 거지만."

"높은 곳이면 정말 예쁘겠지……?"

"또 사진 찍으면 돼."

"흐흥. 오는 길에도 찍었지만!"

"이제부턴 몬스터도 나오니까 방심하지 마."

"알았대도!"

두 사람은 마법진으로 걸어가고, 신호에 맞춰 발을 내디뎌 목적지인 부유성으로 전이했다.

전이의 빛이 사라진 다음 두 사람이 눈을 확 뜨자 5층에서는 볼 수 없는, 짙은 녹색 이파리가 달린 나무들이 있었다. 다른 지역에서는 흔히 보는 광경이라도, 이곳이 5층이라면 신선하게 보이는 법이다.

"오오! 사진, 사진!"

"다음 정보는 안 봤으니까 일일이 조사해야 하는…… 어? 메이플!"

사리가 메이플을 돌아보자 사진을 찍을 각도를 조정하려고 뒤로 물러나는 모습이 보였다. 이곳은 부유성이고, 전이한 곳이 끄트머리라면 뒤에는 하늘만이 있다.

"흐에? 아앗!"

"여차! 너도 참, 조심해. 떨어지면 대미지가 어떻고 할 차원이 아닐 거야."

아슬아슬한 타이밍에 사리가 끌어당긴 덕분에 뒤에 있는 절벽으로 떨어지는 것은 면했다. 제아무리 메이플의 방어력이 높아도, 즉사 설정인 곳에서 떨어지면 의미가 없다.

"살았어……. 여기가 끄트머리구나."

"응. 성만이 아니라 주위 지형 전부가 던전 같아."

두 사람이 다시 주위를 살피자 뒤쪽에는 절벽과 한없이 펼쳐지는 구름이 있고, 정면에는 숲과 깎아지른 듯한 절벽이 이어지는 산에 우뚝 솟은 성이 보였다.

"산을 이용해서 지은 성과 주변에 우거진 숲…… 가는 길이 무척 험난해 보이는걸. 시럽을 타고 갈까?"

시럽을 타고 하늘을 날아가면 중간에 있는 기믹을 무시할 가능성이 크다. 그러나 사리의 제안에 메이플은 잠시 생각한 뒤 고개를 가로저었다.

"음…… 이번엔 그냥 갈래!"

"그래?"

"응! 역시 정면에서 공략하는 게 뿌듯하니까!"

"그렇구나."

"그리고 오래전에 같이 가자고 약속했는데, 금방 끝나면 아쉽잖아!"

"오케이. 그러면 똑바로 신중하게, 부유성 끝까지 가 보자!"

"응!"

그리하여 두 사람은 산 정상에 슬쩍 보이는 성으로 가는 첫걸음을 내디뎠다.

메이플과 사리가 숲에 발을 들이고 얼마 후, 멀리 보이는 성 쪽에서 포효가 울려 퍼졌다.

"!"

"【포식자】!"

사리는 무기를, 메이플은 괴물을 불러내서 각자 전투태세를 취한다.

그 직후, 나무가 가리는 곳에서 작은 날개가 달린 도마뱀이 차례차례 튀어나와 두 사람에게 화염 브레스를 뿜었다.

"괜찮아!"

메이플은 아직 【헌신의 자애】를 발동 중이며, 사리가 굳이 회피할 필요도 없다. 보아하니 부유성 첫 잡몹인 듯한데, 불이 메이플에게 아무런 효과도 주지 못하는 것을 보고 안심하고 공격으로 넘어간 사리의 칼에 하나둘씩 쓰러졌다.

"와, 움직임이 제법 빨라!"

재빠르게 움직이는 도마뱀은 【포식자】의 입을 휙휙 피해서, 유효한 타격을 주지 못했다.

"사리, 부탁할게."

"응! 【헌신의 자애】만 있어도 충분해!"

메이플이 있으면 숫자만 믿고 덤벼드는 몬스터의 강점이 사라진다. 결국 도마뱀들은 불을 뿜는 것 말고는 큰 기술이 없어서 속수무책으로 한 마리도 남김없이 쓰러졌다.

"수고했어, 사리!"

"응. 뭐, 맛보기 느낌이네."

그렇게 말하면서 사리는 저 멀리 나무 사이로 보이는 성을 가만히 바라봤다.

"아까 들은 포효는…… 이 도마뱀들이 아니야……."

"역시 보스일까?"

"그럴지도. 또 용을 해치워야 할까?"

메이플과 사리는 지금껏 용으로 불리는 타입의 몬스터와 몇 번 싸운 적이 있다. 우렁찬 포효에서 그 모습을 떠올린 것이다.

"역시 강할까……?"

"그야 보스는 꽤 강하겠지. 하지만 그러니까 좋은 거야!"

"에헤헤. 사리의 마음도 왠지 알 것 같아. 몸이 근질근질한다는 거지!"

"그래, 그거야."

하지만 목표인 보스가 있는 곳으로 추정되는 성은 아직 멀다. 이런 데서 가만히 있다가는 날이 저물고 말 것이다.

"좋아. 먼저 숲을 빠져나가자!"

"숲을 걷는 것도 이젠 익숙하지?"

"응!"

【헌신의 자애】덕분에 기습 대책도 완벽하므로, 주위를 관찰하면서 즐기는 여유도 생긴다. 자세히 보면 몬스터가 아닌 작은 동물도 여기저기 돌아다니고, 나무 아래에는 알록달록한 버섯이 있는 등, 메이플은 그런 것을 하나하나 보면서 눈을 빛냈다.

"항상 신선하게 즐기니까 부러워."

슬쩍 웃으면서 사리는 주위에 몬스터가 없는 것을 확인하고 메이플에게 말을 걸었다.

"그래?"

"응. 나는 전투 스킬만 생각하기 일쑤니까."

"난 아직 게임 초심자니까!"

"어? 꽤 능숙해진 거 같은데."

"사리랑 비교하면 아직 멀었어."

비교 대상이 사리라면 메이플이 하는 말에도 일리가 있다.

"그렇다면 상급자로서 잘해야겠는걸."

"믿을게!"

"그럼 바로 전투를 시작해 볼까!"

사리가 그렇게 말한 직후, 수풀에서 두 사람의 키보다 큰 왕뱀이 기어 나왔다. 그 낌새를 먼저 감지한 사리는 빠르게 물어뜯는 공격을 옆으로 피하고 머리에서 몸통을 베었다.

"좋아, 【도발】!"

스킬에 반응한 왕뱀이 방향을 휙 틀어서 메이플에게 간다. 왕뱀이 어떻게 공격할지는 메이플도 예상했다. 독 공격이나 마비 공격이라면 문제가 없고, 휘감기나 물기라면 방패로 막으면 된다.

"【악식】으로, 예입!"

덮쳐드는 뱀의 머리를 방패로 단단히 막자 몸뚱이가 먹혀서 순식간에 사라졌다.

"오케이! 잘됐어!"

"나이스! 응. 몬스터의 움직임에도 익숙해진 것 같아."

"헤헤. 제법 다양하게 싸웠으니까."

"역시 초심자는 졸업한 거 아닐까?"

"아하하, 너무 일러."

두 사람은 평화롭게 대화하면서, 한편으로는 몬스터 무리를 전부 무찌르고, 상처 없이 성이 있는 산기슭에 도착했다.

"괴, 굉장해."

"그래. 어딘가에 입구가 있을 텐데…….."

메이플과 사리는 산기슭, 절벽 아래에 도착해서 거의 수직으로 올라가는 산등성이를 올려다보고 있었다.

이 벽을 그냥 올라가는 것은 어려워 보인다. 메이플이라면 더더욱 그렇다.

"시럽 같은 비행 능력을 기본으로 요구하는 건 아닐 테니까, 어딘가에 성으로 통하는 일반적인 루트가 있을 것 같은데."

"하긴 그러네."

시럽을 타거나 【구원의 손】으로 방패를 늘려서 공중에 뜨기, 사리의 【웹 슈터】 등을 쓰면 절벽을 그냥 올라갈 수 있을 것이다. 다만 그것은 일반적인 공략이 아니다.

"이번엔 정공법을 쓰기로 했으니까…….."

"응. 절벽 주위를 빙 돌아보자. 뭔가 보일지도 몰라."

다행히 숲에서 나오는 몬스터는 두 사람의 적수가 아니어서 탐색하기도 어렵지 않다. 두 사람은 몬스터를 물리치면서 벽처럼 생긴 산자락을 보며 걷다가 산자락에서 변화가 나타나 걸음을 멈췄다.

그곳은 하늘로 높이 솟은 산과 산의 경계선으로, 마침 계곡처럼 생긴 장소였다. 누군가가 지나갔는지 바닥에 풀이 없어서 자연스럽게 길이 났다. 그 계곡 너머로, 거리는 있어도 새하얀 소재로 만들어진 문이 똑똑히 보였다.

"주변 산들이 천연 성벽인 걸까?"

"오오! 무조건 여기가 입구야!"

"그렇겠지. 그러면 성을 공략해 볼까?"

"오케이! 준비 다 됐어!"

두 사람은 무기를 들고 문을 향해 똑바로 걸어갔다. 어느 정도 나아가서 문이 또렷하게 보이기 시작했을 무렵, 문 너머에서 전이 직후에도 들은 적이 있는 커다란 포효가 울렸다. 그리고 같은 타이밍에 문이 열리더니 드래고뉴트로 불리는, 인간의 몸에 날개가 달린 용들이 차례차례 뛰어나왔다.

"메이플, 와!"

"응! 【전 무장 전개!】, 【공격 개시】!"

정면에서 날아온다면 이쪽도 탄막으로 맞서면 된다는 식으로 메이플이 대량의 총탄을 흩뿌린다. 그러나 드래고뉴트는 몸을 틀어서 전부 피하고 빠르게 거리를 좁힌다.

"마, 맞질 않아!"

"조준이 어떻게 할 느낌이 아니야! 막는 건 포기해!"

"알았어!"

거리가 가깝다고 못 싸울 메이플과 사리가 아니다. 오히려 필살의 일격을 때릴 거리다.

그 와중에 선두를 날던 드래고뉴트가 급부상해서 탄막을 피하더니, 그대로 급강하해 메이플에게 돌격했다. 회피할 수 없는 메이플은 돌격에서 이어지는 물어뜯기 공격을 어깨에 맞고, 그대로 밀착한 상태에서 뿜어져 나온 화염 브레스도 직격하는 바람에 전개 중이던 병기가 부서졌다.

"메이플!"

"조, 조금 놀랐지만…… 괜찮나 봐! 해치워, 사리!"

메이플의 몸은 병기보다도 튼튼하다. 용이 물어뜯는 정도로는 상처가 나지 않는다. 이번에는 갚아주겠다는 듯이 메이플이 밀착한 상태로 포를 들이대고, 양쪽에서 【포식자】가 덤벼든다.

"【얼어붙는 대지】!"

"【퀸터플 슬래시】!"

날아오르려던 순간에 땅바닥이 얼어붙어 드래고뉴트의 발을 대지에 옭아맨다. 이렇게 되면 회피할 수 없다며, 메이플의 총 공격과 사리의 연속 공격이 박힌다.

아무래도 이것에는 버티지 못했는지, 드래고뉴트의 몸이 빛이 되어 사라진다.

한순간에 벌어진 일. 아직 남은 드래고뉴트들이 과감하게 달려온다. 하지만 플레이어와 다르게 물러서지 않는 몬스터와는 싸우기 쉬운 법이다.

"받아치는 걸 더 잘하지?"

"응. 그게 더 편해!"

메이플은 그냥 덤벼드는 것을 기다리면 된다.

사리는 빈틈을 놓치지 않고 베면 된다.

공격이 완전히 명중하고도 피해를 주지 못한 시점에서, 드래고뉴트의 운명은 도마뱀이나 뱀과 똑같아졌다.

"휴. 무사히 물리쳤어."

"응! 관통 공격이 없어서 다행이야."

드래고뉴트 무리를 무사히 격파한 메이플과 사리는 열린 문을 통과해서 성 내부로 진입했다. 놀랍게도 그 성은 산을 파서 어떤 곳은 산자락에 맞춰 지형을 이용하게 지었는데, 두 사람은 현재 어딘지도 모르는 복도를 걷는 참이다.

문과 똑같이 하얀 소재로 된 바닥과 벽은 구름과는 달라도 이곳이 5층임을 떠올리게 했다.

"메이플은 골인 지점이 어딜 것 같아?"

"음…… 가장 위쪽 아닐까?"

"오, 나랑 같은 생각이네."

지금은 양옆에 방이 있지만, 복도 자체는 외길이다. 단, 언제 길이 갈라질지 모른다.

두 사람은 보스가 있다면 역시 입구와 가장 멀리 떨어진 곳에 있을 것이라고 짐작하고, 전이한 직후에 슬쩍 보인 성의 일부, 다시 말해 산 정상을 목표로 삼고 걸었다.

한동안 그렇게 이동하고 있을 때 예상대로 복도에 갈림길이

나타나고, 이어서 드래고뉴트가 모퉁이 너머에서 모습을 드러냈다.

"앗! 아까 그게 또 있어!"

"하지만 조금 달라. 조심해!"

사리의 말처럼 아까와 다르게 눈앞에 있는 드래고뉴트들은 원래부터 단단해 보이는 비늘 위에 갑옷을 더 입었다. 주먹도 뭔가 금속 같은 것으로 감싸서, 강화된 개체일 것이 확실하다.

상대도 두 사람을 알아채고 다리에 힘을 주고 날개를 편다.

"메이플, 【악식】은?"

"아까 무리 때 썼으니까…… 다섯 번 남았어!"

"일단 아껴!"

강화 개체를 대처할 수 있다면 【악식】을 보스 때까지 온존하고 싶다. 【악식】은 메이플의 귀중한 화력 스킬이며, 그 잔탄이 두 사람의 공격 능력에 직결한다. 낭비할 수는 없다.

"속도나 행동 패턴이 똑같다면…… 하압!"

날아오는 드래고뉴트를 상대로 맞받아치듯이 사리가 뛰어간다. 그러자 드래고뉴트가 입을 쩍 벌리고 뭐든지 불태울 듯한 화염을 복도 일대에 토했다. 제아무리 사리라도 회피할 공간이 없는 공격은 피할 수 없으므로, 피격을 피하려면 뒤로 물러날 수밖에 없다.

"괜찮아! 가, 사리!"

"오케이!"

두 사람은 화염 브레스가 문 앞에서 싸웠을 때와 똑같음을 간파하고 이미 완성한 대응에 나섰다. 사리는 【헌신의 자애】를 이용해 화염을 무력화하고, 【도약】을 써서 브레스 때문에 경직 중인 드래고뉴트의 머리 위로 단숨에 뛰어오른다.

"【파워 어택】!"

사리는 몸을 비틀고 단검으로 드래고뉴트의 머리를 내리쳤다. 갑옷에 피해가 줄어들었지만, 그것만을 노린 것은 아니다. 문에서 싸워 본 덕분에 비행 중에 피해를 주기만 하면 바닥에 떨어뜨릴 수 있다는 사실을 알았기 때문이다.

두 사람이 예상한 대로 드래고뉴트가 바닥에 떨어지고, 갑옷이 울리는 소리가 난다.

"시럽! 【대자연】!"

드래고뉴트가 움직임을 멈춘 틈에 시럽으로 넝쿨을 날려 단단히 구속했다. 이렇게 하면 이제는 사리가 열심히 베기만 하면 된다.

"휴. 잘했어, 메이플!"

"갑옷은 멋진데 별로 달라진 게 없어."

"그래. 하지만 장비를 입었다면 조금은 전진한 거겠지?"

"방도 바뀔까?"

"그럴지도 몰라. 보물 상자가 없는지 확인하면서 가자."

두 사람은 복도에 접한 방을 하나씩 확인하거나, 고급스러운 소파가 있으면 앉거나 사진을 찍고, 올라가는 계단을 찾으면서 위로 올라갔다.

그러는 동안에 이번에는 산등성이를 따라서 지어진 부분이 나왔다. 창밖으로 아까 걸은 숲과 끝없이 펼쳐지는 구름이 보여서 꽤 높은 데까지 왔음을 이해했다.

"아, 사리! 진짜 드래곤도 날아다녀!"

"저건 배경 같은 걸까? 어쩌면 시럽처럼 날아서 오는 이상한 것 대책으로……."

"5층 때는 다른 사람들이 아직 몬스터와 친해지지 않았으니까."

지금이야 마음만 먹으면 하늘을 날 수 있는 환경이지만, 이 부유성의 업데이트 당시에는 그렇지 않았을 것이다. 특이한 케이스인 상공 침입으로 성 내부가 전부 헛수고가 되는 것을 막는 것은 당연한 일이다.

"자, 가자. 정상이 가까워졌을 거야."

"응! 후~ 가슴이 두근거려."

두 사람은 몬스터를 해치우면서 성 내부를 빙빙 돌다가 높은 탑 앞에서 걸음을 멈췄다. 벽 바깥으로 나선형 계단이 달린 탑이 부유성의 종착점인 듯하다.

"이 위쪽에 있을까?"

"오오, 이제 다 왔어!"

탑의 직경은 20미터 정도. 위쪽 보스 방에 있을 몬스터의 크기를 상상할 수 있다.

"뭐, 올라가 봐야 알겠지만."

"고고!"

메이플과 사리는 나선 계단을 뛰어서 올라갔다. 탑 정상에는 문이 있어서 안으로 들어갈 수 있는 구조다. 두 사람은 준비됐다는 듯이 서로에게 고개를 끄덕인 다음 그 문을 밀고 안으로 들어갔다.

창문이 없는 탑 내부는 어두워서, 메이플의【헌신의 자애】이펙트만이 빛을 발하고 있다.

두 사람이 완전히 안에 들어가고 뒤쪽에서 문이 닫혔을 때 공기가 진동하는 듯한 포효가 어둠 속에 터져 나왔다.

"윽!"

"우와! 소리가 엄청 커!"

경계하는 두 사람을 아랑곳하지 않고, 어둠 속에서 이제는 허옇게 보이는 화염이 피어오른다. 그리고 그 존재가 무엇인지 뜻밖의 형태로 드러냈다.

지면을 박차는 진동, 다시 울리는 포효. 그것과 함께 바람이 주변에 휘몰아치고, 커다란 무언가가 움직이는 기척과 함께 탑 천장이 무너진다.

"사리!"

"메이플!"

두 사람은 날아가지 않게 바람을 버티고, 벽과 천장이 사라져 뻥 뚫린 보스 방에서 모든 것을 파괴한 존재를 올려다봤다.

하늘에서 나는 것은 온몸을 사르는 불꽃같은 비늘로 뒤덮인 거대 드래곤이었다. 입에서 빛을 발하는 불이 흘러나오고, 날개가 일으키는 바람은 두 사람을 가볍게 날려 버릴 듯하다. 꼬리를 한 번 휘두르면 직경 20미터 수준의 전투 구역을 대부분 위험지대로 바꾸리라.

날개를 활짝 펴고서 두 사람을 단단히 노려보는 듯한 그 눈은 전투를 피할 수 없음을 알려주는 듯했다.

"어지간히 답답했나 봐."

"어, 엄청 강해 보이는걸?!"

"실제로 강하지 않을까? 자, 떨어지지 않게 조심해!"

"응! 해치우자!"

두 사람은 다시 무기를 챙기고 하늘을 나는 붉은 용과 대치했다.

"【전 무장 전개】, 【공격 개시】!"

일단 선제공격을 날리겠다며 메이플이 병기를 전개하고 하늘에 있는 드래곤을 향해 총탄을 날린다. 드래고뉴트처럼 피한다면 그때는 다음 수단을 생각하면 될 일이다.

그러나 드래곤은 피하지 않았다. 총탄을 맞아서 다소 피해를 보면서도 그 커다란 아가리에서 빛나는 불을 흘리고, 다음 순간에는 탑으로 업화가 쏟아졌다. 그것이 지면을 불태우면서 메이플에게 일직선으로 다가온다.

"메이플!"

"커, 【커버 무브】!"

불길한 느낌이 들어서 잽싸게 몸을 날려 도망친 사리의 의도를 이해하고, 메이플이 고속 이동 스킬로 따라붙는다.

조금 전까지 메이플이 있던 곳에선 불길이 치솟고, 탑의 끝에서 끝까지 일자로 필드를 나누듯 불의 벽이 생겼다.

행동 구역 제한. 그리고 위력도 매우 강할 것이다.

"죽지는 않을지도 모르지만……. 불길한 예감이 들어. 조심해."

"응, 고마워!"

"대미지는 들어가. 큰 기술은 내가 예측할 테니까, 메이플은 사격에 전념해!"

"알았어!"

"【사이클론 커터】!"

"【흘러나오는 혼돈】!, 【공격 개시】!"

메이플은 사격으로, 사리는 마법으로 드래곤에 피해를 주었다. 그러자 피해에 반응한 드래곤이 이어서 날개를 크게 퍼덕이더니 대량의 바람 칼날을 만들었다.

"메이플!"

"【피어스 가드】!"

메이플은 방어력만 믿지 않고 관통 무효 스킬을 발동해 만약에 대비한 다음 방패 뒤에 숨어서 【악식】도 온존했다. 병기는 파괴되지만, 메이플은 피해가 없다. 지속 대미지일 가능성이 적은 공격은 이것으로 무력화할 수 있으므로, 현재로서는 화염으로 지형이 바뀌는 것을 가장 경계해야 하리라.

"사리! 방금 바람이 불면서 불의 벽이 사라진 것 같아!"

"그게 다가 아니야! 내려와!"

드래곤은 바람과 불을 몸에 두르고 두 사람에게 일직선으로 돌진했다.

"【초가속】!"

"【커버 무브】!"

스치듯이 드래곤을 피한 사리가 메이플에게 눈짓을 주자 메이플도 곧바로 따라왔다.

"우와, 맞으면 떨어질 것 같아."

"그래. 하지만 내려온 지금이 대미지를 줄 때야! 오보로, 【불의 동자】, 【그림자 분신】!"

사리는 분신을 쓰고 단숨에 거리를 좁힌다. 그러자 지상에서도 화염의 위력은 달라지지 않는다는 듯이 드래곤이 연이어 화염구를 토했다.

"그거라면…… 훗!"

분신은 잘 피하지 못하고 불길에 먹히지만, 본인은 완벽하게 궤도를 예측해서 드래곤의 발치까지 뛰어드는 데 성공했다.

"하압!"

스킬 공격은 위험 부담이 크다고 생각한 사리는 드래곤의 두 다리를 깊이 베었다. 【검무】의 공격력 상승 효과와 【추인(追

刃)】의 추가 공격이 HP를 확 깎는다. 마법도 쓸 수 있지만, 사리가 대미지를 주려면 역시 단검 공격이 필수다.

그러나 거대 드래곤의 발치에 있으면 반격하는 발톱도 강대하다. 분신을 다 해치우고 사리에게도 일격을 가하려는 드래곤이 앞발을 옆으로 휘두른다. 사리라면 그 자리에서 쉽사리 몸을 날려 뒤로 피할 수도 있지만, 그러지 않았다. 그것은 당연히 메이플의 워프 지점이 되기 위해서다.

"【커버 무브】! 【심해의 부름】, 【흘러나오는 혼돈】, 【포식자】!"

드래곤의 발치에서 특수 효과가 뜨고, 세 마리 괴물과 흉측한 촉수를 거느린 메이플이 나타났다. 그것들은 드래곤의 거대한 발톱을 피하지도 않고 정면에서 맞섰다.

"야아압!"

메이플의 다섯 촉수는 남은 【악식】을 전부 쓰는 대가로 엄청난 버스트 대미지를 주고 드래곤의 한쪽 발을 날렸다. 그리고 양쪽과 정면에서 물어뜯는 괴물들이 대미지를 더욱 늘린다.

방어를 도외시하고 드래곤의 발과 격투한 모양새라서 메이플도 날아가지만, 대미지 자체는 없다. 그러자 HP가 확 줄어든 드래곤이 날개를 퍼덕여 하늘로 날아오르려고 했다. 사리는 그것을 무시하고 곧바로 메이플을 돌아봤다.

"잡았……다!"

날아가는 메이플을 잽싸게 반응한 사리가 실로 감아서 도로 데려왔다. 이어서 꽝 소리를 내고 바닥에 떨어진 메이플을 감싸고 등 뒤를 힐끗 본다.

날아서 도망치듯 하늘로 돌아간 드래곤의 아가리에서 화염이, 날개 주위에서 바람이 일어나는 조짐이 보였다. 사리는 그것을 재빨리 파악하고 메이플에게 말한다.

"꽉 붙잡아. 괜찮아. 저 정도는 피할 수 있어!"

그렇게 말하면 천하의 메이플도 놀란 표정을 짓는데, 다른 누구도 아닌 사리가 하는 말이다. 그렇다면 그렇겠구나 싶어서 시키는 대로 사리를 붙잡는다.

"【물의 길】, 【빙결영역】!"

사리는 물의 길을 만들고, 몸에 냉기를 둘러서 순식간에 얼린 다음 뛰었다. 그리고 공중에 발판을 만들고 위로 올라가 드래곤과 똑같은 상공으로 이동했다.

"【얼음 기둥】…… 【도약】!"

사리는 그대로 드래곤보다 높은 위치를 잡아 거칠게 휘몰아치는 폭풍과 타오르는 화염을 피했다.

"굉장해! 순식간에 여기까지 왔어!"

"기동력은 자신이 있으니까!"

사리는 불의 벽을 피해서 바닥에 내려온 다음 드래곤의 HP를 확인했다.

"반 남았어!"

"좋아. 안 질 거야!"

HP가 반으로 줄어서 공중으로 날아오른 드래곤은 다시 공기가 진동하는 듯한 포효를 질렀다. 그러자 그 소리에 끌린 것처럼 주변에 드래고뉴트들이 차례차례 나타났다.

"엄청나게 많아, 사리!"

"이러면 본격적으로 【헌신의 자애】를 의지할 수밖에 없겠는 걸······!"

어설프게 범위 밖으로 나갔다간 도망칠 데 없는 집중포화에 노출될 가능성이 매우 크다. 다만 드래고뉴트의 성능은 지금껏 경험해서 안다. 메이플에게 유효타를 줄 수 없다면 원래 엄청난 위협이어야 할 그것도 없는 것이나 다름없게 된다.

"다시 한번 지상으로 내리자."

"응! 그때 단숨에 해치우자!"

격파할 길이 보이므로 메이플도 온 힘을 다해 스킬을 쓸 수 있다. 병기를 전개해도 금방 부서지니까 【기계신】은 제구실을 할 수 없지만, 메이플은 주위에서 대량으로 쏟아지는 불을 무시하고 단도로 드래곤을 겨눴다. 상대만 용을 불러낼 수 있는 것도 아니다.

"【히드라】!"

단도에서 날아간 독룡은 드래곤의 브레스에 뒤지지 않는 박력으로 붉은 용을 집어삼킨다. 그러나 독 자체는 통하지 않는 듯, 상대는 피해를 보면서도 불을 토해서 반격했다.

"큭! 아까보다 범위가 넓어! 메이플!"

"아앗!"

사리는 무기를 거두고 메이플을 붙잡더니 그대로【체술】스킬로 내던졌다. 갑작스러운 범위 확대로 도망치지 못할 때를 고려한 사리는 이동 속도가 느린 메이플을【헌신의 자애】가 닿으면서 브레스에서 벗어난 위치로 이동시킨 것이다. 두 사람이 동시에 말려드는 것을 피하기 위함이다.

　"오보로,【행방불명】!"

　하지만 이 행동은 어디까지나 보험이다. 사리는 전속력으로 달리고 불에 닿는 순간 오보로의 스킬로 모습을 감춰 대미지를 면했다. 그렇게 원형 필드의 70퍼센트 정도를 불태운 브레스의 범위에서 뛰쳐나온 사리는 메이플이 무사한지 확인했다.

　"고마워, 사리. 살았어."

　"나는 긴급 회피가 되고, 만약 지형 대미지라면 범위에서 나가기 전에 불탈지도 모르니까."

　본래 이동 속도가 느린 메이플은 몇 가지 수단으로 기동력을 확보하고 있다. 그중에서도 순식간에 이동할 수 있는【기계신】의 자폭 비행은 강력하다. 그러나 주변 드래고뉴트의 브레스로 병기가 부서져 사용할 수 없는 지금, 이상한 위치에서 사리나【포식자】, 오보로나 시럽의 지형 대미지까지 계속해서 받았다간 HP가 적은 메이플은 버틸 수 없을 것이다.

　"마법으로 조금씩 깎고, 마지막에는……."

　"마지막에는?"

　"단숨에 거리를 좁혀서 해치우자!"

천천히 다가가서는 강화 브레스의 범위 공격에 불탈지도 모른다. 사리는 잽싸게 접근하는 작전을 메이플에게 전달했다. 이만큼 둘이서 함께 싸웠다. 메이플도 작전 내용을 금방 이해했다.

"그럼 먼저 HP를 줄이는 것부터 시작하자! 시럽, 【거대화】, 【정령포】!"

바닥이 대부분 불타고 있어도 원거리 공격 수단은 몇 가지 있다. 그중 하나인 【정령포】가 드래곤이 덩달아 뿜은 화염과 부딪혀 같이 소멸한다.

"【흘러나오는 혼돈】!"

메이플의 큰 기술이 그렇듯, 드래곤의 브레스도 연발할 수 없다. 그 한순간의 빈틈에 다른 원거리 공격 스킬을 날린다. 다 쓸 때까지 돌아가면서 대미지를 쌓는 것이다.

"【워터 스피어】! 【사이클론 커터】! 크윽. 마법이 메인이 아니라서 그런지 파워가 부족해졌어!"

사리의 마법은 누구나 쓸 수 있는 것을 전략의 폭을 넓힐 용도로 배운 것이라서 위력을 너무 기대할 수 없다.

"나한테 맡겨! 잘 맞혀서 작전대로 줄일게!"

"응. 맡길 수 있어서 든든한걸!"

주변 드래고뉴트를 처리하느라 분주할 필요가 없어서 하늘을 나는 드래곤에 집중할 수 있다. 이번처럼 멈춰서 서로 큰 기술을 날리는 것은 메이플의 주특기이다.

그리하여 【히드라】, 【흘러나오는 혼돈】을 주력으로 삼아 드래곤의 HP를 줄인 두 사람은 마지막 일격을 가할 기회를 노렸다.

"메이플, 지금이야!"

"【퀵체인지】, 【이지스】!"

메이플은 스킬로 장비를 변경하고 늘어난 HP를 미리 준비한 포션과 사리의 【힐】로 회복한 다음, 【이지스】의 효과가 끝나기 전에 병기를 전개했다. 【이지스】의 방어막이 존재하는 사이에는 드래고뉴트의 화염이 메이플의 병기를 부술 수 없다.

"가자, 사리!"

"오케이!"

병기를 터뜨려서 만든 화염이 드래곤 브레스에도 뒤지지 않는 기세로 메이플과 사리를 드래곤이 있는 곳으로 날려 버린다. 브레스의 모션보다 먼저 드래곤에 육박한 두 사람은 눈을 매섭게 빛내는 드래곤에게 작전대로 됐다며 의기양양하게 웃었다.

사리는 먼저 메이플에게서 떨어져 공중에 발판을 만들고 드래곤의 머리에 내려서 단검을 휘둘렀다.

"【퀸터플 슬래시】!"

【추인】 효과로 양손을 합쳐 20연타. 그리고 【불의 동자】 효과로 생긴 불꽃이 귀중한 추가 대미지를 준다.

"막타는…… 부탁해!"

"【퀵체인지】!"

메이플은 다시 장비를 변경해서 검은 장비로 되돌린 다음, 드래곤의 몸을 단단히 포착하고 스킬 이름을 외쳤다.

"【포학】!"

메이플은 갑작스럽게 괴물 모습으로 변신하더니, 그대로 여섯 개의 팔다리로 드래곤에게 달라붙어 목을 물어뜯고, 불을 내뿜고, 날카로운 발톱으로 날개를 할퀴어 나간다.

메이플을 떼어내려고 드래곤이 뿜는 브레스는 예상대로 지속 대미지를 줘서 메이플의 거죽을 태우지만, 이제는 아무 상관없다.

메이플도 안 지겠다는 듯 불을 뿜고, 공격을 멈추지 않는다.

거대한 몸뚱이 사이에 불꽃이 터지고, 서로 몸을 물어뜯는다. 모르는 사람이 보면 그중 하나가 플레이어라고는 생각할 수 없는 광경이었다.

그리하여 몇 번이고 불꽃과 화려한 대미지 이펙트가 뜨던 중, 드래곤이 마지막으로 크게 포효한 다음 마침내 빛이 되어 사라진다.

"해, 해제!"

드래곤이 소멸하면 매달린 메이플은 허공에 내팽개쳐진다. 이대로 가다간 아득히 먼 바닥에 추락할 것이다. 그런 메이플을 상공에서 날아든 실이 칭칭 감아서 추락을 막아 주었다.

"휴. 고마워, 사리!"

"메이플도 작전을 수행하느라 고생했어."

"에헤헤. 잘 풀렸네!"

사리는 그대로 공중에 발판을 만들어서 메이플을 데리고 탑 위로 돌아갔다. 전투가 끝나면서 드래고뉴트도 사라지고, 불에 탄 자국과 드래곤의 소재 몇 가지, 그리고 중앙에 보물 상자만이 하나 남았다. 두 사람은 소재를 줍고 곧바로 보물 상자에 손을 댔다.

"그럼, 하나둘 하고 열자!"

"알았어."

""하나, 둘…… 오픈!""

두 사람은 보물 상자를 열고 안에 든 아이템을 확인했다.

안에는 【용의 보물】이 네 개 있었다.

찬란하게 빛나는 아이템은 하나같이 보석과 금화가 모인 것이다. 흔히 말하는 환금용 아이템인 셈이다.

"음, 아쉬워라. 장비도 나온다고 들었거든. 이것도 엄청 비싸지만."

"그랬구나. 얼마나 해?"

"네 개 있으면 우리 길드 홈을 두 개는 만들걸."

"어?! 그렇게 많이?! 그런데도 꽝인 거구나……. 그럼 진짜로 보물만 있나 보네……."

"우리한테는 장비보다 좋을지도 몰라. 왜, 메이플도 주로 그 장비를 쓰잖아."

보스 보상으로는 꽝인 셈이다. 보상이 여러 종류 있다면 가장 좋은 것이 나온다는 보장이 없다. 그러나 뭐가 보탬이 될지, 뭐가 좋을지는 사람마다 다른 법이다.

"하긴…… 그리고 예쁘니까, 좋은 기념품이 될 거야!"

"뭐…… 그렇지! 딱히 장비를 위해서 애쓴 것도 아니니까 말이야. 그리고 이건 앞으로 관광하는 밑천이 될지도?"

"응응!"

사리와 메이플은 탑 구석에 앉아 둘이서 경치를 구경했다. 여기는 부유성에서도 가장 높은 곳, 지금이라면 한없이 펼쳐지는 구름도, 상쾌한 바람도 마음껏 만끽할 수 있다.

"어땠어?"

"즐거웠어! 드래곤은 역시 드래곤 같아서 강했어!"

"그렇지? 5층에서 이 정도면 엄청나지 않아?"

"보물도 받았고, 무사히 끝낸 기분이야!"

"응. 부유성 공략. 드래곤 토벌. 고생했어!"

"사리도 고생했어! 저기, 조금만 더 구경하다 가자."

"좋아. 사진도 찍을래?"

"응! 처음부터 쓸 줄 알았으면 더 많이 찍었을 텐데! 아, 나중에 사리한테도 보낼게."

"응. 그렇게 해줘."

그리하여 탑 정상에서 경치를 찍고, 두 사람은 부유성을 뒤로했다.

3장 방어 특화와 우레폭풍.

  부유성 공략을 마치고 며칠 뒤. 메이플은 다음에 시간이 많이 나는 날이 될 때까지 몇몇 관광 명소의 정보를 수집하기로 했다. 목적 없이 우연히 재미있는 곳이 나올 때까지 탐색하는 것도, 목적지를 찾아서 탐색하는 것도, 당일에 모두 즐길 수 있게끔 하기 위해서다.

  그런 메이플은 오늘 정보를 충분히 찾아서 5층 중에서도 높은 곳에 있는 구름 위에서 하얀 원피스 차림으로 일광욕을 즐기듯 드러누워 있었다.

  일부러 이렇게 높은 데까지 오지 않아도 레벨을 올리거나 소재를 수집할 수 있는 까닭에 다른 사람들도 없어서, 남들이 모르는 숨겨진 명소라고 할 수 있는 곳이다.

  "부유성은 진짜 재미있었어~."

  다음을 생각하면서도 구름 위 풍경을 떠올리고 여운에 잠겼다. 부유성의 탑 정상만큼은 아니어도 적당히 높은 곳에 있어서 필드의 모습을 저 멀리까지 볼 수 있다.

  "어라? 저런 곳에 벼락이 치는 곳이 있었나?"

평소 느긋하게 경치를 구경하는 일이 많으니까 조금만 이상해도 금방 눈치채는 법이다. 메이플은 이마에 손을 대고 눈을 가늘게 뜬 다음 멀리서 한순간 보인 벼락이 착각인지 아닌지 확인하려고 했다.

"기분 탓일지도 모르지만…… 좋아! 한번 가 보자!"

지금도 딱히 이렇다 할 것을 하지 않으니까, 메이플은 벼락이 보인 곳까지 가 보기로 했다.

"이 근처였던 거 같은데……."

메이플은 주변을 두리번두리번 살폈다. 주위에는 높게 솟은 구름의 벽밖에 없어서, 같은 높이로 내려와서 보니까 벼락이 어디서 쳤는지 눈으로 확인하기 어렵다.

시럽으로 날아가서 찾아볼까 했을 때, 공기를 뒤흔드는 굉음이 울렸다. 틀림없이 벼락이 치는 소리였다.

"저기야!"

메이플은 가끔 퍼지는 소리를 따라서 어디서 천둥소리가 나는지 찾아 돌아다녔다. 메이플의 비행 능력은 일반적이지 않아서 하늘에서 찾아보면 오히려 이벤트나 던전 진입 루트를 놓칠 가능성이 있다.

"응. 역시 이 근처에선 벼락이 치는 걸 본 적이 없으니까, 뭔가 있을 거야!"

메이플은 그렇게 걸어서 어느 정도 가까이 다가간 다음, 다음

소리를 기다렸다.

"음음, 소리가 안 들리면 모르겠어…… 어어?!"

메이플이 조금 쉬려고 몸을 기댄 구름의 벽. 그것은 메이플을 받치지 않고 그대로 벽 너머로 집어삼켰다. 부유성 입구가 그랬던 것처럼 여기에도 보이지 않는 입구가 있었던 셈이다.

메이플은 구름 언덕길을 데굴데굴 굴러서 출구 쪽 구름 벽을 뚫고 나자빠졌다. 얼굴부터 바닥에 엎어지고 나서 뭐가 어떻게 된 일인지 확인하려고 고개를 들자 놀란 기색으로 눈을 휘둥그레 뜬 여자 플레이어와 눈이 마주쳤다.

"괘, 괜찮아……요?"

"응……? 아하하, 미안해요. 괜찮아요!"

메이플은 원피스를 다듬고 눈이 핑핑 도는 것을 진정시키고자 잠시 눈을 감았다. 여자 플레이어가 한순간 말을 더듬었을 때 느낀 어색함은 차분해지는 사이에 머릿속에서 사라졌다. 메이플이 다시 눈을 뜨고 본 여자는 머리 일부를 뒤에서 동그랗게 말아서 모은 긴 금발과 붉은 눈에, 메이플처럼 관광하러 온 것인지 하얀 블라우스와 롱스커트 차림으로 양산을 손에 들었다. 봐서는 무기 같은 장비는 딱히 없는 듯했다. 한눈에 봐도 귀한 집 아가씨 같은 외모라서 메이플은 반사적으로 몸을 뻣뻣하게 세우고 질문했다.

"이쪽에서 천둥소리가 들려서요. 이 근처는 항상 조용하니까 이벤트인가 싶었는데……."

메이플이 말하자 여자 플레이어는 그 태도를 보고 한숨을 쉰 다음 웃으며 대답했다.

"음음…… 그래. 그랬군요. 여기에는 딱히 이상한 것이 없어……요. 그나저나 제가 할 말은 아니지만, 아무것도 장비하지 않았는데요. 그래도 괜찮으세요?"

만약 정말로 찾으려던 이벤트가 있고, 그때 몬스터가 나오면 위험하지 않겠냐는 뜻이다.

"괜찮아요! 이래 봐도 방어력에 올인해서 방어에는 자신이 있으니까요!"

"그건……."

뭔가 생각하는 기색을 보인 여자를 내버려 두고, 메이플은 다시 주위를 살폈다. 하지만 그 말대로 여기에는 특별한 것이 아무것도 없었다.

"으으, 여기가 아니었을까?"

"저기, 저는 여기 자주 오니까 단언할 수 있어요. 그 번개는 특별한 이벤트가 아니에요."

"네?! 그래요?"

"그래. 그럼요. 믿든 말든 마음대로 해…… 주세요."

"알았어요. 믿을게요!"

"지, 진짜로요?"

"네!"

그 말에는 거짓이 없어서, 여자는 조금 놀란 눈치로 메이플을 봤다.

"그래요……. 이렇게 만난 것도 다 인연인데, 조금 이야기하지 않을래요?"

"네……? 네! 그래요!"

"그렇다면 이런 데 있어도 소용없으니까, 움직여 봐요. 메이플 씨."

"네! 네에?!"

어째서 이름을 대지 않았는데 알았을까. 놀라는 메이플에게, 여자는 즐거운 기색으로 미소를 지었다.

"그 반응을 보면 맞았나 보군요."

"네? 아, 아아?! 그렇구나……. 깜짝이야."

독심술이나 이상한 스킬을 쓴 것이 아니다. 단순히 예상이 적중한 것이라고 이해한 메이플은 상대가 한 말을 긍정했다.

"차림이 평소와 다르지만, 잘 보면 비슷한 느낌이 나요."

머리 모양이나 복장, 눈동자 색을 바꿔도 체격이나 본인의 분위기는 바뀌지 않는다. 추가로 방어 특화라는 정보가 있으면 대다수의 NWO 플레이어는 정체를 예상할 수 있다.

"관광 명소를 찾아다니고 있었는데요. 저기……."

"응? 아, 나는 벨벳."

"벨벳 씨군요! 벨벳 씨도 관광 중이에요?"

똑같이 무기를 들지 않고 갑옷이나 방패 같은 방어구도 보이지 않는다. 똑같은 목적으로 필드에 있는 걸지도 모른다.

"뭐, 그런 셈이에요. 이번에 친구와 합류해서 레벨을 올리려고 했는데, 방패 유저분한테 다른 예정이 생기는 바람에 말이죠."

"아하."

"처음 보는 사람에게 이렇게 부탁하는 건 송구하지만…… 괜찮으면 같이 가시겠어요?"

이야기하고 싶었던 것 중 하나는 이거였는지, 벨벳이 메이플의 대답을 기다린다.

"네! 괜찮아요!"

당장 급한 예정도 없고, 새로운 교우관계도 기대하면서, 메이플은 고개를 크게 끄덕였다.

"결정……됐군요. 그러면 7층에서 모여요."

"알겠어요!"

메이플과 벨벳은 7층으로 이동하고 마을 출구에서 벨벳의 친구를 기다렸다. 7층 마을을 걷는 동안 벨벳은 메이플의 이동 속도를 보고 정말로 느리다는 사실을 인식한 듯했다.

"실제로 보면 속도 차이가 많이 나는군요."

"으으. 하지만 몇 가지 커버할 방법이 있어요!"

"후후. 그렇다고 들었어요. 아, 히나타! 여기야!"

보아하니 친구가 온 듯, 벨벳이 손을 흔들어서 위치를 알린다. 어떤 사람일지 궁금해진 메이플이 벨벳이 소리친 쪽을 슬쩍슬쩍 살피자 한 소녀가 후다닥 뛰어왔다. 검정에 가까운 진보라색 머리카락을 뒤로 땋아서 묶었는데, 두 팔로 조금 이상하게 생긴 인형을 안고 있었다. 복장의 분위기는 마이나 유이와 비슷한 감도 들지만, 장식이 적고 수수하게 정돈하고 있다.

"느, 늦었어요……. 미안해요."

"전혀! 시간에 딱 맞췄어! 어차, 으음…… 미리 연락했는데, 오늘 함께 레벨을 올리러 갈 메이플 씨예요."

"잘 부탁해요!"

"잘 부탁합니다……. 저, 저도, 열심히 할게요."

긴 앞머리가 눈을 가리는 바람에 감정을 알아보기 어렵지만, 히나타는 인형을 조금 세게 끌어안고 의욕을 내는 듯하다. 메이플은 히나타의 인형을 보고 궁금한 것을 물어봤다.

"그게 무기예요?"

"아, 어…… 네. 그래요."

"그랬구나……. 역시 다양한 무기가 있네요. 아, 그럼 벨벳 씨의 무기는."

"글쎄요. 뭘까요?"

메이플이 답을 듣지 못해서 조금 아쉬워했을 때, 일행은 슬슬 출발하기로 했다. 메이플은 7층이라면 평소 사리에게 업히거나 시럽을 타고 갈 때가 많다. 전투라고 생각하면 자폭 비행과 【포학】 같은 고속 이동 수단이 있지만, 횟수 제한이 있어서 평상시 이동에는 적합하지 않다. 그렇다면 어떻게 할지 고민했을 때 히나타가 메이플의 팔을 톡톡 건드렸다.

"저기, 메이플 씨는 말이…… 없죠?"

"으으. 말을 타는 데 필요한 【DEX】가 없어서요."

"그, 그렇다면…… 제 뒤에, 타세요."

"와~! 고맙습니다!"

이대로 가다간 【포학】을 써서 따라가야 할 참이었다.

"벨벳 씨는 승마……? 가 조금, 약간, 무척 정신이 사나워서……."

"히나타, 다 들려요."

"아으으…… 미안해요."

메이플은 말에서 떨어지든 부딪히든 HP로는 문제가 없다. 척 보면 귀한 집 아가씨 같은 벨벳이라면 말을 잘 탈 줄 알았는데, 조금 놀라웠다.

"으헤, 조금 의외예요."

"그래…… 그래, 요. 의외일지도 몰라요."

아무튼 메이플은 히나타의 뒤에 타고 앞선 벨벳을 따라서 목적지인 레벨업 사냥터로 떠났다.

현재 최전선인 7층에는 몇 가지 특징적인 지역이 있다. 몬스터를 동료로 삼는 것이 메인 이벤트인 관계상 5층이나 6층과는 다르게 지역 테마가 흐릿하고 다양한 지형이 있다. 지금, 메이플 일행 앞에는 고목과 돌밭이 계속되는 황야가 펼쳐졌다.

"이쪽으론 별로 안 왔는데."

"다 왔어요. 여기서 레벨을 올릴 거예요."

"방어는 맡겨 주세요!"

메이플은 말에서 내리자마자 【헌신의 자애】를 발동했다. 메이플에게서 대미지 이펙트가 발생하고, 동시에 범위에 있는 바닥에서 빛이 난다.

"이 빛나는 범위에서 안 나가면 공격당해도 괜찮아요!"

"그렇군요. 알겠어요."

"그러면, 【도발】!"

메이플이 스킬을 발동하자 하늘에서 매가, 돌밭에서 모래와 바위로 된 골렘이 나타나 다가온다.

""【워터 랜스】!""

메이플에게 다가오는 골렘을 향해 외치는 두 사람의 목소리가 들리고, 물의 창이 두 개 날아간다. 그것은 골렘을 단단히 포착해서 확실하게 대미지를 주었다.

"나도, 【포식자】!"

메이플도 대미지를 주려고 양옆에서 괴물을 불러냈다. 그것들은 커다란 아가리를 벌려서 골렘의 몸통과 어깨를 물어뜯어 대미지를 주었다. 그러나 골렘도 안 지겠다는 듯 두 팔을 힘차게 휘둘러 메이플을 때린다. 【악식】이 발동해서 골렘을 집어 삼키지만, 골렘이 팔을 휘두르면서 발생한 지진이 세 사람을 덮쳤다.

"으으…… 으으?"

"영상으로 보긴 했는데, 눈을 의심할 지경이네요."

일행을 강타한 지진은 【헌신의 자애】를 통해 메이플에게 쏠리고, 그 방어력에 무시되었다.

"방어는 맡겨 주세요! 관통 공격만 아니면 끄떡없어요! 【히드라】!"

하늘에서 덮쳐든 매는 아슬아슬하게 끌어들인 다음 【히드라】로 대응했다. 매는 독 내성이 있었지만, 큰 대미지를 받고 비실비실 날아오르려고 했다.

"토, 【토네이도】."

그러나 약해졌을 때 가세하는 히나타의 마법이 소용돌이를 일으키고, 도망치려고 하는 매를 놓치지 않고 격파했다. 그리고 【도발】로 끌어들인 다른 몬스터가 다가온다. 원래라면 빈틈없이 대응해야 숫자에 밀리지 않는데, 메이플이 쓸 때는 그렇지도 않다.

"휴~ 좋아! 괜찮겠어."

정면에서 힘으로 밀어붙이려고 하는 몬스터는 메이플에게 가장 편한 상대다.

메이플이 예상한 대로 여기 있는 몬스터는 메이플에게 유효한 타격을 줄 수가 없어서, 레벨 올리기 사냥을 순조롭게 진행하다가 잠시 휴식하기로 했다.

"【기계신】, 【포식자】, 【흘러나오는 혼돈】, 【히드라】, 【헌신의 자애】, 【백귀야행】…… 음, 장관이네요."

"저기, 고마워요. 실제로 보면, 박력이……."

지금도 소환 상태인 【포식자】를 본 히나타가 조심조심 말을 꺼낸다. 【헌신의 자애】도 발동 중이어서 어디서든 쉴 수 있으므로, 세 사람은 바위에 걸터앉아 이야기를 계속한다.

"소문은 들었는데, 장난 아니…… 굉장하네요."

"에헤헤. 고마워요."

이동 속도만 극복하면 메이플을 데리고 사냥하는 것은 효율이 무척 높다. 공격만 생각하면 되니까 당연하다.

그렇게 메이플의 방어력을 직접 체감한 벨벳과 히나타는 조금 더 강하고, 경험치를 많이 주는 몬스터가 나오는 지역으로 이동하기 시작했다.

지면이 모래로 바뀌고, 아까 황야에 있던 몬스터를 강화한, 비슷하게 생긴 매와 골렘이 나타났다.

"공격력은 더 강하지만, 메이플 씨라면 문제없겠죠."

"네!"

메이플이라면 지키지 못하는 일이 생기지 않는다. 다소 공격력과 범위가 강화되더라도 어지간해선 메이플의 방어력을 능가하는 일이 없다.

"좋아. 힘내자!"

메이플은 아까와 똑같이 앞장을 서고 【도발】로 몬스터를 유인하려고 했다.

"아…… 메, 메이플 씨. 그쪽으로 가면……."

"어? 앗?!"

"늦었어……. 늦었네요."

왠지 익숙한 감각과 함께 메이플의 몸이 지면에 가라앉고, 이에 휩쓸리는 형태로 벨벳과 히나타의 몸도 모래 속으로 자취를 감추고 말았다.

장소가 바뀌어서 모래 아래. 사암으로 다져진 벽과 바닥, 같은 간격으로 설치된 조명은 세 사람이 모종의 건축물 안에 있음을 알려주었다.

"미리 말할 걸 그랬어요."

"으으, 미안해요. 같이 빠지게 해서. 옛날에 이런 식으로 던전에 떨어진 적이 있으니까 잘 눈치채야 했는데."

메이플은 제2회 이벤트 때도 모래에 휩쓸려 달팽이가 돌아다니는 던전에 추락한 적이 있다. 과거 사용된 일부 기믹이나 보스 몬스터는 간혹 다른 지역에 재설치될 때도 있는 듯하다. 현재는 제2회 이벤트 필드에 갈 수 없으므로, 기믹을 재활용하기 딱 좋은 셈이다.

"있다는 말은 들었지만. 우리도 들어간 적이 없어서……."

"보스를 잡으면 그만큼 경험치도 왕창…… 많이 준다고 하니까요. 신경 쓰지 말고 가요."

"네!"

던전에 나오는 몬스터 정보는 벨벳과 히나타가 대충 알고 있어서, 예전처럼 긴장할 필요가 없이 공략을 시작했다.

"가는 길에는 위에서 본 것과 같은 골렘만 있으니까요. 후다닥 가 봐요."

사전 정보에 따르면 골인 지점은 아래쪽에 있다고 해서, 일직선으로 가장 아래를 향해 걷는다. 전체적으로 보면 개미굴 형태의 던전이라서 여러 통로와 방으로 구성된다.

메이플은 항상【헌신의 자애】를 전개하고, 몬스터가 보이면 전방에 일제 사격을 날려 두 사람의 마법 공격과 함께 차례차례 몬스터를 격파해 나갔다.

그렇게 처음 방에 도착하자 지상에 있는 골렘과는 다르게 몸이 전부 모래로 된 골렘 셋이 일어섰다.

"【공격 개시】!"

메이플은 다가오는 모래 거인에게 총탄과 빔을 쏘지만, 그것은 전부 대미지를 주지 못하고 모래 몸을 관통했다.

"으으, 안 되는구나."

"속성 공격이 아니면 안 통하는 것 같아요."

그렇다면 우리가 나설 차례라고 벨벳과 히나타가 마법을 준비하는데, 그보다 앞서 골렘의 몸이 모래처럼 흘러내려 지면과 섞이더니, 다음에는 일행의 바로 앞에서 순식간에 형태를 갖추었다.

세 골렘이 제각기 공격을 시도하지만, 메이플의 【헌신의 자애】 범위에서는 기습해도 의미가 없다. 메이플의 머리에 주먹이 명중해도 묵직한 소리만 난다.

히나타도 메이플의 방어 범위에 있음을 알고 회피를 포기하고서 물과 바람 마법으로 대미지를 준다.

"으…… 【워터 스피어】!"

벨벳은 반사적으로 엇갈리듯이 회피하려고 한 다음에야 지금은 그럴 필요가 없음을 깨달았는지, 발을 내디딘 자세에서 딱 멈추고 마법을 쏘고 말았다. 그래서 오히려 군더더기가 늘어나 마법이 제대로 맞지 않았다.

"괜찮을 것 같아요! 두 사람은 공격하는 데 전념해 주세요!"

다시금 회피할 필요성이 없다고 알리고, 【악식】을 낭비하지 않기 위해서 방패를 내린 메이플은 【도발】만 써서 가만히 서 있었다.

그런 메이플을, 그 몸집과 비슷한 크기의 주먹이 집중해서 공격하듯이 연신 때린다.

"휴. 바닥이 딱딱하지 않았으면 파묻힐 뻔했어."

물론 아무 대미지도 안 뜨는 메이플은 그 자리에 앉아서 나머지 두 사람이 골렘을 해치워 주기만을 기다렸다.

결국 골렘은 바닥에서 모래를 분출하거나, 모래로 된 부하를 만들거나, 모래로 움직임을 방해하는 등 다양한 재주를 활용해서 메이플을 공격했지만, 메이플이 모래에 파묻히는 것 말고는 특별한 성과를 거두지 못하고 마법에 맞아 쓰러졌다.

"괘, 괜찮아요……? 파묻혔는데요."

"뭐, HP는 줄어들지 않은 것 같네요."

벨벳과 히나타의 눈앞에는 수북하게 쌓인 모래와 머리카락만 쏙 튀어나온 메이플이 남았다. 주위에서 위험 요소가 사라진 까닭에 두 사람은 메이플을 파내고 모래를 털어줬다.

"고마워요! 몬스터는…….."

"저와 히나타가 무사히 격파했어요."

"붙잡아 주어서…… 저기, 편했어요."

지상과 비교해서 몬스터의 출몰 빈도는 떨어지지만, 한 마리의 경험치는 늘어나서 레벨업 사냥도 순조롭게 이루어졌다.

"조금만 더 아래로 가면 몬스터가 바뀔 거예요."

"어떤 느낌이죠?"

"미라? 그게…… 붕대를 둘둘 감은 것처럼 생겼대요."

"공격 패턴이 전부 알려진 건 아니니까, 조심해 주세요."

"알겠습니다!!"

일행은 모래 골렘을 여럿 격파하고 지하 더 깊숙한 곳으로 나아갔다. 그러자 벨벳이 말한 것처럼 출몰 몬스터가 바뀌고, 모래 골렘 대신에 몸을 낡은 붕대로 감싼 인간형 몬스터가 모래에서 나타났다. 붕대 사이로 보이는 눈이 빨갛고 흉흉하게 빛나서, 골렘과 같은 파워 파이터와는 인상이 다르다.

"이런 상대는…… 【천왕의 옥좌】!"

6층에서 학습했다는 것처럼, 메이플은 새하얀 옥좌를 불러서 그 자리에 앉고 지면에 빛나는 필드를 전개했다. 벨벳은 메이플에게 아직 일반적이지 않은 스킬이 있는 것을 보고 눈을 휘둥그레 떴다.

"이러면 좀비나 유령 같은 느낌이 나는 몬스터의 스킬을 꽤 봉인할 수 있어요!"

"그랬군요. 그렇다면 참 다행이네요."

실제로 뭔가 성가신 공격을 쓸 것처럼 보였던 몬스터가 지금은 메이플의 몸을 할퀴기만 할 뿐이다.

"평소엔 옥좌도 이동할 수 있는데요. 여기는 좁아서……."

한 번 치우면 한동안 쓸 수 없어서, 시럽의 등 위에 세팅할 수 없는 환경에서는 항상 사용하기 어렵다.

"저기, 유용한 건 알았으니까…… 보스와 싸울 때 쓸 수 있으면 좋겠어요."

여기 보스는 던전에서 나오는 몬스터를 소환하면서 싸우는 거대 미라인데, 메이플이 골렘과 미라를 모두 무력화할 수 있다면 후다닥 격파해서 밖으로 돌아갈 수 있다. 그러자 메이플은 몰려드는 미라를 해치우고자 스킬을 발동하려고 했다.

"좋아. 【포식자】……는 안 되니까, 【전 무장 전개】!"

메이플이 병기를 전개하자 미라들이 늘어난 포신에 찔리고 밀려서 바닥에 쓰러진다. 움직임이 굼떠서 메이플도 마구잡이로 쏘지 않고 총탄으로 맞힐 수 있었다.

"으으, HP가 꽤 많은걸."

포신으로 직접 찔러서 사격하다 보니 터프한 미라들도 도저히 버티지 못하고 픽픽 쓰러져 빛이 되어 사라졌다.

"움직임도 느리니까, 이동하면서 갈기면…… 쏘면 괜찮을 것 같네요."

가는 길에는 메이플의 사격을 포함해 셋이서 함께 원거리 공격으로 해치우기로 하고, 일행은 보스 방을 찾아 이동했다. 【천왕의 옥좌】는 쉽게 넣다 뺐다 할 수 없지만, 【헌신의 자애】만 있어도 편하게 공략할 수 있다.

결국, 세 사람은 한 번도 피해를 보지 않고 보스 방 앞까지 도착해 메이플의 【천왕의 옥좌】를 다시 쓸 수 있을 때까지 기다린 다음 방에 돌입했다.

보스 방에 진입한 일행을 맞이한 것은 연한 보라색 붕대로 몸을 감싼, 메이플보다 키가 세 배는 커 보이는 미라였다.

여기까지 오면서 본 미라와 똑같이 붕대 사이로 보이는 붉은 눈은 거대한 몸처럼 커서, 멀리서 봐도 알 정도로 흉흉한 빛을 뿜었다.

"좋아, 싸우자!"

메이플은 가장 먼저 타닥타닥 뛰어가 미라가 나머지 두 사람의 사거리에 들어오도록 방 중앙에서 【천왕의 옥좌】를 발동하고, 옥좌에 앉아 보스를 봤다.

보스가 소름 끼친 신음을 내고, 그것을 신호로 바닥에서 여태껏 본 미라와 골렘이 나타났다. 다만 미라는 새롭게 검은 오라를 두르고, 골렘은 몇 마리가 사암으로 된 창을 들고 있었다.

"윽. 차, 창이네……. 벨벳 씨! 창을 가진 골렘을 먼저 해치워 주세요."

벨벳도 창을 본 메이플이 관통 공격을 꺼리는 것임을 곧장 이해하고는 그렇게 하기로 약속했다.

메이플은 옥좌에 있는 동안 주력 스킬 몇 가지를 못 쓰게 되므로, 공격 방법도 달라진다.

"【도발】! 시럽, 【붉은 화원】, 【하얀 화원】, 【가라앉는 대지】!"

옥좌를 중심으로 빛나는 필드에 하얗고 빨간 꽃밭이 펼쳐진다. 메이플에게 몰려간 몬스터들은 화사해 보이는 꽃밭에 발을 들이자마자 바닥에 가라앉으면서 디버프를 받는다.

"【히드라】!"

스킬로 만든 꽃은 독에도 시드는 일 없이 당당하게 피고, 이를 채색하는 보라색은 몬스터의 HP를 확연하게 깎는다. 접근해서는 안 되는 장소. 발을 들여서는 안 되는 장소. 몬스터는 그것을 모르는 것이 가장 큰 약점이다.

메이플이 몰려드는 몬스터를 허우적대게 할 동안, 벨벳과 히나타가 보스와 골렘을 마법으로 공격해 나간다.

"좋아! 느낌이 좋아!"

몬스터에는 행동 패턴이 있다. 그것이 전부 메이플을 해치우는 데 적합하지 않을 경우, 행동 패턴이 더 늘어날 때까지는 일방적으로 싸울 수 있다. 보스 미라는 공격력 상승 버프를 뿌리는 듯하지만, 그것은 유효하지 않았다. 그리고 보스의 디버프 스킬은 옥좌의 힘으로 발동이 막힌 듯했다.

"토, 【토네이도】!"

"좋아. 여기도!"

히나타가 날린 소용돌이가 잡몹을 같이 쓸면서 보스 미라에게 대미지를 줬다. 메이플의 사격도 가세하면서 보스의 HP가 50퍼센트 이하로 떨어졌다.

일행이 이제부터 무슨 일이 벌어질지 경계할 때, 보스가 크게 울부짖고 보스 방이 들썩들썩 흔들렸다. 그와 동시에 냉기 같은 하얀 바람이 보스의 몸에서 나오고, 방을 훑고 지나간다. 그것은 선두에 있던 메이플부터 순서대로 일행을 감싸고, 발동 중이던 스킬과 버프를 전부 해제했다.

"어?! 진짜?!"

메이플의 스킬은 하나같이 강력하지만, 그만큼 재사용 대기 시간이 길다. 그런 까닭에 강력한 필드를 곧바로 전개할 수는 없다.

보스의 버프 해제와 함께 조금 전까지 옥좌의 힘으로 막았던 보스와 미라들의 디버프가 일제히 엄습하면서【헌신의 자애】

로 다 지킬 수 없어졌다. 따라서 일행 모두의 스테이터스가 확 떨어졌다.

그래도 메이플에게는 별로 영향이 없지만, 뒤에 있는 두 사람은 그렇지 않다.

"【도발】! 【포학】!"

메이플은 디버프가 풀릴 때까지 어떻게든 해 보려고 또다시 【도발】을 쓰고, 나아가 【포학】으로 껍질을 뒤집어써서 몬스터 무리 안에서 날뛰었다. 디버프 때문에 【포학】 상태 공격력이 없다시피 하지만, 즉사할 일이 없다는 장점 덕택에 무리하기엔 딱 좋다.

예상대로 관통 공격인 골렘의 창을 최대한 피하면서 보스가 나머지 두 사람을 공격하지 못하게 몸으로 길을 막았다. 옥좌의 스킬 봉인 효과가 사라진 보스는 메이플이 접근하자 두 손을 바닥에 대고 검은 안개 같은, 늪 같은 퀴퀴한 무언가를 펼치는데, 메이플로서는 어떻게 할 수단이 없다. 나머지 두 사람도 마찬가지로, 몬스터를 피하면서 반격의 기회를 노린다.

"으으, 어쩌지……. 어?"

안개가 빠르게 방 전체에 퍼진 직후, 메이플은 서 있는 바닥이 꺼진 듯한 감각과 함께 검은 안개에 먹혔다. 그리고 잠시 후에 시야가 정상으로 돌아오자, 아까만 해도 앞에 있었던 보스가 저 멀리 있고, 그리고 그 전방에서는 두 사람의 뒷모습이 보였다.

"앗! 위, 위치가 바뀌었어?!"

몬스터 무리 한복판에는 벨벳과 히나타. 후방에는 메이플. 몬스터를 부르고, 스킬을 해제하고, 디버프를 걸고, 진형을 마구 헝클어놓는다. 이것이 이 보스의 강력한 공격 수단이었던 셈이다.

"커버 무브……는 닿지 않아……!"

디버프로 이동 속도가 떨어지는 바람에 【포학】으로 뛰어서 가도, 해제하고 자폭 공격으로 날아가도 늦는다.

그래도 메이플은 뛰어가려고 하지만, 몬스터 무리에 포위당한 벨벳과 히나타에게 최후의 일격을 가하듯 시커먼 오라를 두른 보스가 주먹을 높이 쳐든다. 두 사람으로선 갑자기 주위 상황이 확 바뀌고, 난데없이 총공격을 받게 된 셈이다.

그런 가운데, 벨벳은 히나타를 감싸듯 반사적으로 한 발짝 앞으로 나가 양산을 내던지고 주먹을 겨눴다.

"헹! 어설퍼! 【뇌신 재림】!"

벨벳이 큰 소리로 외치자 굉음과 함께 그 몸에서 굵직하고 시퍼런 번개가 발생하더니, 바닥을 훑으면서 몬스터와 보스를 차례차례 태우고 다음 움직임을 봉쇄했다.

파직파직 소리를 내면서 전기를 흘리는 벨벳은 실수했다는 표정을 짓고 히나타를 본다.

"아무튼 탈출해요!"

"네……."

벨벳은 히나타를 안고서 번개와 함께 도약하더니, 몬스터의 포위망을 쉽사리 뛰어넘어 놀라서 걸음을 멈춘 메이플이 있는 곳에 착지했다.

"어? 어어?!"

"음…… 자세한 얘기는 나중에 할게요."

"이번에도…… 길드 사람들한테 너무 솔직하다는 소리를 들을 거예요……."

"메이플 씨도 많이 보여주고, 지켜주기도 했으니까. 이번엔 우리 차례지!"

"어어, 힘내 주세요?"

사태를 좀처럼 이해하지 못한 메이플 앞에서, 벨벳은 장비를 일부 변경했다. 복장은 변한 부분이 없지만, 유일하게 그 무기가 뭔가를 명확하게 드러냈다. 그것은 두 손을 감싸는 대형 건틀릿이다. 맨손의 몇 배나 되는 강철 주먹을 꽉 쥐고서, 여전히 시퍼런 번개를 만들며 기세등등하게 웃는다.

"히나타도 전력을 다해 서포트해 주십쇼!"

"네, 네엣! 후…… 갑니다."

히나타는 용기를 내듯이 인형을 꼭 안고는 달려오는 몬스터들을 향해 스킬을 발동한다.

"【별의 사슬】, 【코퀴토스】."

히나타가 스킬을 발동하자마자 접근하려던 몬스터가 지면에 묶인 것처럼 딱 멈추고, 이어서 히나타에게서 발생한 하얀 안

개가 쩌적쩌적 소리를 내며 몬스터를 꽁꽁 얼린다.

몬스터는 강력한 이동 방해 효과 때문에 두 사람을 건드릴 수조차 없다.

"【재액 전파】, 【중력 비틀기】, 【연약한 얼음 조각】."

히나타가 말할 때마다 옴짝달싹하지 못하게 된 모든 몬스터에게 주로 피해 증가 디버프가 쌓인다. 그 자체는 몬스터에게 대미지를 전혀 주지 않는다. 그러나 효과가 끝나고 움직이려고 했을 때 다른 이동 방패, 공격 방해로 모든 몬스터를 계속 구속했다.

그렇다면 대미지는 누가 줄까. 답은 명확하다.

"【폭풍의 눈】, 【뇌우】!"

벨벳의 몸에서 다시 번개가 터져 지면을 무시무시하게 태우더니, 동시에 상공에서 대량의 벼락이 떨어져 범위에 있는 몬스터를 무차별적으로 격파해 나간다.

히나타에게 구속당하는 이상, 알아도 범위에서 벗어날 수 없다. 설령 그것이 몬스터든 아니든.

유일하게 살아남은 보스 앞까지 가서, 벨벳은 주먹을 번쩍 쳐들었다.

"【연쇄 뇌격】!"

움직임이 완전히 멈춘 보스에게 꽂힌 주먹에서 공기를 가르는 소리와 함께 뇌격(雷擊)이 터진다. 날린 횟수에 따라 강화되는 뇌격이 보스의 몸을 지지고, 그대로 HP를 다 깎았다.

"오, 오오!! 굉장해!!"

몬스터를 가뿐하게 해치운 두 사람을 보고, 메이플은 괴물 모습으로 없는 눈을 빛내며 네 개의 팔을 붕붕 휘둘렀다.

◆ □ ◆ □ ◆ □ ◆ □ ◆

무사히 보스를 공략하고 던전에서 나온 일행은 몬스터가 나오지 않는 안전지대에 가서 앉았다. 그곳에서 메이플은 아까 궁금했던 것을 바로 말했다.

"벨벳 씨는 마법 유저가 아니었군요!"

"그냥 벨벳이라고 불러요. 애초에 나도 그게 편하니까."

처음 본 인상과는 다르게 털털하게 웃는 벨벳. 아무래도 이게 평소 모습인 듯하다. 그렇다면 메이플도 자연스럽게 대하기로 하고, 벨벳의 이야기를 듣는다.

"여러모로 숨겨서 미안합니다. 길드 사람들한테 강한 플레이어의 정보를 모으는 게 좋다는 말을 들어서요."

"역시 PvP 때문에?"

"그렇죠! 그때 유리해지려고…… 오늘은 여러모로 잘 구경했습니다."

"윽, 하긴…….""

메이플은 자기 스킬을 많이 보여주고, 보스와 싸울 때는 약점도 있다는 사실을 명확하게 드러낸 셈이다.

"물론 그런 준비도 중요하지만, 나는 정정당당하게 정면에서 맞붙고 싶습니다! 라고 할까……."

보스와 싸울 때는 일부러 보여준 느낌이 아니었지만, 벨벳은 그때 최선을 다하지 않고 패배해도 문제가 없었을 테니까 진심으로 하는 말이라고 메이플도 이해할 수 있었다. 갑자기 위기에 처한 것은 계기에 지나지 않고, 언제 전력을 다할지를 곰곰이 생각한 것이다.

"길드 사람들은 조금만 더 숨기라고…… 하지만요……."

"굉장했으니까!"

아무런 대책도 없이 전투를 시작했다면 뭔가 행동하기 전에 히나타에게 움직임을 봉쇄당하고, 벨벳의 범위 뇌격과 초근접 육탄전에 농락당하고 말았을 것이다.

스킬을 감추는 것이 전투에서 유리해지는 것은 확실하다.

"기왕이면 대등한 상태에서 싸우고 싶습니다! 물론 메이플도 라이벌이죠."

벨벳은 그렇게 말하고 자신만만하게, 그리고 도발적으로 웃었다.

"근데 정말 괜찮아? 길드 사람들이 안 된다고 했다며……."

"일방적으로 들킨 게 아니라, 상대의 스킬도 봤으니까 괜찮습니다!"

참 뻔뻔하다는 마음을 드러내듯, 눈이 가렸는데도 알 수 있을 만큼 복잡한 표정을 짓고서 고개를 살짝 숙인 히나타를 보고,

메이플은 벨벳이 평소에도 이런다는 것을 이해했다.

"하지만 우리한테는 아직 다 보여주지 않은 비장의 패가 있습니다."

"응. 나도 있어!"

"어어?! 더 있습니까?"

벨벳은 하나같이 비장의 패 수준의 스킬을 봤다며 놀라지만, 그렇기에 더더욱 나중에 싸울 때가 기대된다는 듯이 웃었다.

"언젠가 만나 보고 싶었으니까, 잘됐습니다."

"마주친 건 우연이지만."

지금 생각해 보면 메이플이 본 번개는 벨벳이 쓴 것이리라. 그 번개는 던전에서 본 것보다 규모가 컸으니까, 어쩌면 비장의 패가 있다고 한 말은 사실일지도 모른다.

"아, 그러면 말투가 달랐던 것도 벨벳인지 모르게 한 거야?"

무기는 건틀릿을 장비한 주먹이라고 알았지만, 복장은 전투 중에도 바뀌지 않았다. 메이플이 그런 것처럼 메인 장비는 따로 있을지도 모른다.

"이게 내 제일가는 장비입니다!"

"보스를 잡고 구한 건데…… 벨벳은 옷에 맞춰서 다소곳하게 지내려고 연습 중이에요."

"아, 아하……."

길드 전략과 같은 거창한 이유가 아니라, 벨벳 개인의 사정이었나 보다.

"음, 어렵습니다. 평소에도 기운이 넘친다는 소리를 자주 들어요."

복장에 맞춰 머리 모양도 바꿔 봤지만, 애초에 전투 스타일이 그것과 정반대로 육탄전에 무차별 섬멸 전문이니까 본래의 성격과 맞물려 금방 어설퍼진다. 다만 본인은 딱히 신경을 쓰지 않는지, 지금도 책상다리를 하고 앉아서 유쾌하게 웃고 있다.

"뭐, 그런 겁니다. 다음 PvP 이벤트가 언제 있을지는 모르겠지만, 그때는 전력을 다해 싸우겠습니다."

"응! 사, 살살 해 줘…….."

"아하하, 그건 들어주기 어려운 부탁인데요."

"으으, 그러면 나도 【단풍나무】 사람들하고 최선을 다할게!"

"그럼 우리 길드도 최선을 다하겠습니다!"

"그 전에…… 저기, 스킬을 좀 보여줬다고 고백해야…….."

"음. 그렇습니다."

"저, 정말로 괜찮아?"

"괜찮습니다. 게다가 내가 길드 마스터니까, 어쨌든 다들 알아줄 겁니다!"

길드 마스터라는 말에 놀라서 눈을 동그랗게 뜬 메이플에게, 벨벳이 자기 길드의 이름을 밝힌다. 대규모 길드 【thunder storm】…… 제4회 이벤트 전에 급성장해서 10위 안에 들어간 길드다. 두 사람은 그곳의 투톱이라고 했다.

"또 함께 놀아 봅시다! 그때는 더 보여주고 싶은 스킬이 있습니다!"

그렇게 말하고 눈을 빛내는 벨벳을 보고, 히나타가 몰래 메이플에게 귀띔한다.

"사실은…… 저, 정정당당하기만 한 게 아니라, 멋진 스킬을 보여주고 싶은 거예요."

"조금은 알 것 같아."

벨벳의 근본에는 본인이 즐겁고 좋다고 느끼는 것을 공유하고 싶은 단순한 사고방식이 있는 셈이다. 메이플도 비슷한 부분이 있어서 그런지 히나타의 말에 고개를 연신 끄덕였다.

메이플은 벨벳의 요청으로 히나타와 함께 프렌드 등록을 마친 다음 왔을 때와 똑같이 말을 타고 마을로 돌아갔다.

"라이벌……."

메이플은 이 게임을 시작하기 전에는 그런 사람을 본 적이 없었다고 생각하면서, 사리는 옛날부터 이런 기분이었을까 하고 상상해 봤다.

4장 방어 특화와 밤하늘.

　예정을 맞추고 다시 둘이서 관광하기로 한 메이플과 사리는 먼저 작전회의를 하자며 2층의 석조 건축물 마을에 있는 카페에서 이야기하고 있었다.

　"헤에, 새 프렌드라고?"

　"응! 다음에 어딜 갈지 찾아보다가 잠깐 쉬었을 때 우연히!"

　메이플이 말한 프렌드란 지난번에 함께 모험한 벨벳과 히나타를 말한다.

　"【thunder storm】이란 길드의 길드 마스터래!"

　"그 길드라면 나도 알아. 제4회 이벤트 때 엄청 날뛰었다던 걸. 번개를 쓴다면 리플레이 영상에 있는 그거겠구나."

　"그거?"

　"응. 벼락이 기둥처럼 생겨서 플레이어가 보이지 않을 정도로 주위가 새하얬어."

　그 중심에는 아마도 벨벳이 있었을 것이라고, 메이플은 짐작했다. 플레이어의 모습이 보이지 않았다면 얼굴이 널리 알려지지 않은 것도 당연하다.

"엄청 강했어. 아! 그리고 사리처럼 몬스터를 주먹으로 때렸어! 이렇게!"

메이플은 주먹을 불끈 쥐고 두 손을 슝슝 내질렀다.

"아하하. 내【체술】스킬은 회피 관련으로 우연히 얻은 거니까, 공격에 썼다면 조금 다를 거야."

"아, 그렇구나."

메이플은 사리와 똑같은 스킬이라면 배워서 쓸 수 있게 되지 않을까 생각했는데, 다르면 어쩔 수 없다며 조금 아쉬워했다. 사리는 메이플에게 두 사람이 쓴 스킬을 조금 물어보고 고개를 끄덕였다.

"강한걸. 히나타란 아이는 후방에서 디버프에 전념하고, 그 대신에 벨벳이 막강한 화력으로 처리하는 거구나……."

물론 강력한 광범위 뇌격에도 약점은 있다. 강력한 일격은 사거리가 짧고, 넓은 범위는 스킬로 막거나 범위 밖으로 탈출하면 된다.

다만 옆에 히나타가 있으면 사정이 달라진다.

"메이플도 움직이지 않는 상대에게 스킬을 맞히기 쉽잖아?"

"응. 사리는 맞을 것 같지 않아……."

"그래서 움직임을 완전히 봉쇄하고 반드시 맞히는 것이 강하다는 거야."

"응응."

"응. 즉, 나랑 상성이 좋지 않다고도 할 수 있지만."

사리는 근거리 공격이 주체라서 뇌격과 디버프의 범위로 뛰어들 필요가 있다. 혼자서는 벨벳과 히나타를 상대하기 힘들 것이다.

"정면에서 싸우는 걸 좋아하는 것 같았으니까, 조심하면 전투를 피할 수도 있겠지만."

"처음에 봤을 때랑 인상이 확 달라져서 던전에서 나오고 이야기했을 때는 깜짝 놀랐어. 다음에 사리도 같이 만날래?"

"음. 뭐, 흥미는 있어. 그만큼 강하다면 분명 앞으로 싸울 기회가 있을 테니까 전투 스타일이나 스킬을 최대한 알아내고 싶어. 벨벳은 그런 걸 좋아하지 않을지도 모르지만, 정보는 역시 중요하니까."

번개처럼 빠른 공격을 반사 신경으로만 피하는 것은 한계가 있다. 스킬의 공격 범위를 아는 것이 중요해지는 것이다.

"그러면 다음에 만나러 가자! 그쪽도 둘이니까 나도 사리를 소개해야지!"

"후후. 파트너란 의미로?"

"응! 그거야!"

사리는 딱 잘라 말하는 메이플에게 슬쩍 웃고 나서 다시 메이플을 보고 대답한다.

"그렇다면…… 나도 파트너에 어울리는 모습을 보여줘야겠는걸."

"후후후. 기대하겠네, 사리 군."

"응. 맡겨만 주게, 메이플 군."

그렇게 대수롭지 않게 수다를 떨면서, 두 사람은 오늘 본론을 이야기하기 시작했다.

오늘은 2층을 관광할 예정이다. 2층은 3층과 비교해서 바로 앞 층인 관계로 큰 차이가 없다. 1층, 2층 모두가 초반의 대중적인 필드에 해당한다.

2층의 정보 수집은 사리에게 맡겨서, 메이플은 어떤 장소에 갈지 두근두근한 기색으로 다음 말을 기다렸다.

"그래서 메이플에겐 한 가지 재미있는 곳을 소개할게. 말은 그렇게 해도 열리는 시간이 정해져 있어서 조금 느긋하게 이동해야겠지만."

"그렇구나."

"뭐, 조금 머니까."

"그럼 도시락 사서 빨리 가자!"

"그럴까."

그리하여 메이플과 사리는 해가 진 밤중의 필드로 나섰다.

2층도 1층과 똑같이 두 사람이 전력을 다할 만한 상대가 없어서 눈에 띄지 않는 복장으로 갈아입은 다음 사리가 메이플을 업고 목적지로 뛰어간다.

"어떤 곳일 것 같아?"

"우웅. 밤에만 되는 거지?"

"그래."

시간이 정해진 이벤트는 메이플도 몇 번인가 경험한 적이 있다. 제2회 이벤트에서 나온 몬스터가 밤에만 달라지거나, 그때 이벤트가 발생한 것과 비슷한 것이리라.

"하지만 유령이면 사리가 소개할 리가 없잖아."

"뭐…… 그렇지."

"그런데도 밤이면."

"좀 알 것 같아?"

정답은 현지에서 직접 확인하기로 하고, 두 사람은 필드를 이동했다.

그리하여 사리가 도착한 곳은 구멍이 뻥 뚫린 동굴 앞이었다. 빛이 없는 동굴 내부를 입구에서 들여다보니 내리막길이 펼쳐지는 것 같았다. 뒤에 산이 있는 것도 아니므로 전이 마법진이 없다면 이대로 지하로 내려가는 셈이다.

"어라? 지하야……?"

"응? 예상하고 달라?"

"응. 별을 구경하러 가는 줄 알았어. 왜 있잖아. 머리색이 달라진 밥을 먹은 때도 밤이었으니까."

"후후후…… 뭐, 일단 가 보자!"

"응!"

"불을 켤게."

사리는 인벤토리에서 랜턴을 꺼내 어두운 동굴 속을 비추면서 나아갔다.

"일단은 몬스터도 나오니까 조심해."

"응."

메이플은 만약을 대비해【헌신의 자애】를 발동하고 빛의 필드로 사리를 지킨다.

"랜턴은 필요 없나……?"

"그럴지도……?"

【헌신의 자애】 효과로 빛나는 바닥을 보고, 사리는 랜턴을 도로 집어넣으려고 했다.

"저기…… 사리, 역시【헌신의 자애】는 꺼도 될까?"

"응? 그야 여기 몬스터라면 없어도 나는 괜찮을 거야."

사리는 메이플이 그렇게 말하는 의도를 모르겠다는 투다.

"있잖아. 이번엔 던전 공략이 아니라 경치 좋은 곳을 찾으러 온 거니까, 가는 길의 분위기도 중요할 것 같아서!"

"동굴도 탐험하듯이 즐기겠다는 말이지?"

"맞아!"

"오케이. 알았어. 내가 몬스터의 공격을 못 피할 것도 없지! 게다가 탐험이라면…… 자!"

사리는 인벤토리에서 새로운 아이템을 몇 가지 꺼내 메이플 앞에 내놓았다.

횃불과 라이트가 달린 헬멧, 밧줄과 피켈, 커다란 배낭. 하나같이 탐험의 테마와 일치하는 물건을 얼마든지 고를 수 있다.

"인벤토리가 있으니까 배낭은 없어도 되겠지만, 이런 건 분위기잖아?"

"응응! 역시 사리야!"

두 사람은 착실하게 두 개씩 준비한 물건을 하나도 빠짐없이 장비했다. 배낭은 사리가 가끔 쓰는 가방 같은 것으로, 몇 가지 아이템을 인벤토리 밖에 보관할 수 있다. 메이플은 거기에 밧줄과 피켈을 넣고 준비를 마쳤다.

"그럴싸해졌는데? 뭐, 옷은 좀 어색하지만."

두 사람은 초반 지역에서 관광할 때 마을에서든 밖에서든 놀 때의 옷을 입어서, 단순한 외출복 같은 차림이다.

"다음엔 그것도 준비할까?"

"괜찮겠네."

"저기, 가장 안쪽으로 가면 되지?"

"응. 그러면 돼."

"좋아! 렛츠고!"

메이플은 횃불을 번쩍 쳐들고 의기양양하게 동굴을 나아간다. 2층이라서 복잡한 기믹도 없고, 강력한 몬스터도 없다. 그저 쾌적한 탐색이 계속되었다. 사리의 마법도 2층에선 위력이 충분해서 공격하려는 몬스터가 가까이 오기도 전에 해치울 수 있었다.

"미끄러지지 않게 조심해."

"응! 바닥을 비추고…… 많이 내려왔네."

"슬슬 조금 변화가 생길까? 메이플, 잠시 횃불 꺼봐."

"알았어!"

주위에 몬스터가 없는 것을 확인하고 불을 끄자 순식간에 사방이 어둠에 휩싸인다.

그러나 바닥을 잘 확인해 보니 군데군데에서 불빛이 없어야 겨우 알 정도로 빛나는 것을 알 수 있었다. 뭔가 빛을 내는 것이 아니라 빛 자체가 신비한 힘으로 그 자리에 머무는 느낌인데, 메이플은 쪼그려 앉아서 그 빛을 가만히 확인했다.

"오, 보이네. 이게 표식이야."

"그렇구나……. 이것도 그냥 탐색하면 못 볼 것 같아."

"꼼꼼하게 탐색하고도 못 보고 지나칠 때가 있겠지. 아직 아무도 발견하지 않은 곳도 많을 거야."

"음…… 또 열심히 찾아다녀야지!"

그때도 사리와 함께 가자고 활짝 웃는 메이플에게, 사리는 알았다며 웃어서 대꾸했다.

"표식이 있는 건 알았지? 이제 갈림길에서 확인하면 돼."

"오케이! 그러면 횃불 켜자!"

표식만 찾으면 헤맬 일이 없다. 사리가 말한 것처럼 갈림길이 나올 때마다 확인하고 길을 헤매지 않게 어두운 동굴을 나아간다. 입구와 비교해서 갈수록 길이 좁아지는 바람에 자세를 바꿔야 이동할 수 있는 곳도 늘어난다.

"휴, 그럭저럭 가까워졌을까?"

"응. 앞으로 조금만 더 가서 구멍을 타고 내려가면 될 거야."

"오! 드디어! 좋아. 힘내자!"

"응. 떨어지지 않게…… 할 필요는 없을지도 모르지만, 일단은 말이지?"

"부탁할게!"

사리는 메이플을 업고 밧줄로 몸을 고정한 다음 근처 바위에 밧줄을 걸고 구멍 아래로 내렸다. 언제나 시럽 위에서 뛰어내리거나 자폭 비행으로 착지하고, 혹은 방어력만 믿고 추락하는 경우가 많은 메이플이라면 아마도 무사히 낙하할 수 있겠지만, 그렇다면 여기까지 오면서 굳이 횃불을 쓰지 않았으리라.

"잘 붙잡아."

"만약 몬스터가 나오면 마비시킬게!"

"고마워. 자, 내려갈게!"

메이플은 사리에게 매달리고 단도를 쓸 수 있게 해서 언제든지 【패럴라이즈 샤우트】를 쓸 수 있게끔 준비했다. 준비가 다 된 것을 확인한 사리는 밧줄을 쭉 잡아당기고 벽에 발을 대서 쭉쭉 내려갔다.

딱딱한 바위에는 습기가 없어서, 사리는 미끄러질 염려도 없이 순조롭게 수직 구멍을 공략한다. 가끔 헤드라이트로 아래를 비춰 안전을 확인하면서, 날아오는 박쥐 몬스터를 메이플이 적절하게 마비시켜 바닥에 떨어뜨리고, 무사히 구멍 바닥에 내려서는 데 성공했다. 두 사람은 먼저 마비된 박쥐를 처리한 다음, 몬스터의 기척이 없는 것을 확인하고 숨을 돌렸다.

"휴. 고생했어. 내려줄게."

"응!"

사리는 몬스터를 마법으로 다 해치우고 메이플을 내렸다. 구멍을 공략한 두 사람 앞에서는 작은 굴이 이어지는데, 그 바닥과 벽에는 표식이 되는 빛이 여기저기서 보였다.

"반딧불 같아."

"듣고 보니 그러네. 여길 빠져나가면 목적지야."

그렇게 말한 사리는 헤드라이트를 끄고 메이플에게도 그러라고 시켰다. 표식이 되는 빛은 이미 희미한 수준이 아니라서 그것만으로 충분한 광원을 확보할 수 있으니까 이동하는 데도 문제가 없으리라.

그리하여 빛나는 굴을 걷고, 메이플과 사리는 마침내 목적지인 동굴 가장 깊숙한 곳에 도착했다.

돔처럼 생긴 공간에는 형형색색의 빛 구슬이 은은하게 빛을 내면서 공중에 떠 있는데, 오는 길에도 그랬던 것처럼 천장과 바닥을 수놓은 빛이 점점 늘어나 두 사람은 마치 플라네타륨에 온 기분을 맛보면서 공간의 중앙으로 걸어갔다.

공간 중앙에는 천장과 바닥을 잇는 기둥이 하나 있고, 그 기둥에서는 한층 강한 빛이 나고 있었다. 가까이 다가가서 보니까 다른 빛과 다르게 보석이 빛나고 있는 듯했다.

"메이플, 만져 볼래?"

"응……. 와! 만져져! 어디 보자……【손에 들어온 천체】?"

메이플의 손에 잡힌 빛나는 구슬은 별다른 효과가 없는 듯하지만, 메이플은 눈을 빛내며 그것을 봤다.

"와, 예뻐! 탐험한 보람이 있어!"

"후후, 그렇지? 그렇다면 다행이고. 그것 자체는 아직 어떻게 쓰는지 알려진 게 없대."

"헤에."

"여기 오는 것도 힘드니까, 예쁘긴 해도 사람들은 없나 봐."

"그럼 숨겨진 명소인 거구나!"

"그런 거야. 마음껏 느긋하게 있다 갈 수 있어."

두 사람은 조용한 공간에 앉아 밤하늘처럼 보이는 천장을 올려다본다.

그리고 그때, 메이플은 예상이 맞았음을 깨달았다.

"아, 역시 별이 보이는 하늘이 맞았구나!"

"그래. 지하에 있는 밤하늘이야. 조사한 바에 따르면 층마다 이렇게 밤하늘처럼 보이는 곳이 하나씩 있대."

"헤에. 그럼 전부 가 봐야지!"

"괜찮은걸. 메이플이 즐겁다면 언제든지 탐험하러 갈게. 게다가 전부 구경하면 뭔가 있을지도 모르잖아?"

"있으면 더 좋겠어! 하지만 없어도 괜찮아……."

"그래?"

"응. 여기까지 오는 것도 즐거웠으니까!"

메이플에게는 이 경치와 둘이서 신나게 탐험하는 과정이 가장 큰 보상이다.

그리고 그것은 앞으로도 변하지 않으리라.

"그렇구나. 응. 나도 그래."

"앗! 맞아, 사리! 이번엔 기념품을 하나밖에 못 구했는데, 어쩌지?"

"메이플이 가져."

"내가?"

"응. 언제든지 추억을 되새길 수 있게 말이야."

"그러면 사리도 있어야 하잖아?"

"후후. 나도 안 잊으니까 됐어."

"어? 나도 그렇게 잘 까먹지 않아!"

"그래?"

"그래!"

메이플과 사리는 누가 먼저랄 것도 없이 서로 얼굴을 보고 어둠 속에서도 알 수 있게 웃었다. 느긋하고 평화로운 시간이 흐르는 가운데, 두 사람은 지하에 있는 밤하늘을 올려다보면서 미리 사 둔 도시락을 먹었다.

5장 방어 특화와 4인 파티.

　메이플과 사리는 최근 매일같이 각 층을 돌아다녔는데, 오늘은 약속이 있어서 7층 마을에서 사람을 기다리고 있었다.

　"슬슬 왔을까?"

　"응. 왔나 봐. 저기 두 사람이지?"

　사리가 가리킨 곳에는 두 사람이 있는 곳으로 걸어오는 벨벳과 히나타가 있었다. 메이플에게 들은 특징과 일치해서 사리도 금방 알아봤다.

　"생각했던 것보다 시간이 일찍 맞아서 다행입니다!"

　"그쪽이, 그, 사리 씨……?"

　"응. 잘 부탁해."

　"시간이 아까우니까 이야기하면서 걷죠!"

　"좋아. 사리도 괜찮지?"

　"괜찮아."

　그리하여 네 사람은 필드로 걸어갔다. 오늘 목적은 교류다. 숨겨진 목적은 스킬 등의 전투 능력을 가늠하는 것이지만, 그 점에서 사리와 벨벳의 감각이 다른 것은 명확하다.

일행은 잡담하면서 알맞은 몬스터가 나오는 장소로 이동했다. 오늘은 사리의 말을 탈 수 있어서 메이플 혼자 이동하는 데도 어려울 일이 없다. 그렇게 이동하고 있을 때 문득 벨벳이 사리에게 말했다.

　"아! 괜찮으면 나중에 결투하고 싶습니다!"

　"나랑? 프레데리카 같은 소리를 하네……. 뭐, 메이플에게 들은 이야기로는 왠지 그럴 것 같았어."

　벨벳은 눈을 빛내면서 대답을 기다리고 있다. 사리는 조금 생각했다가 대답했다.

　"오늘 예정이 다 끝나고 나서 하자."

　"그렇군요! 우선 몬스터로 몸을 푸는 거군요!"

　"그런데 메이플과 결투하고 싶은 건 아닌가 보네. 처음 만났을 때 많이 봐서 충분해?"

　"으음, 솔직히 말해서…… 사리와 싸우고 싶어지는데요."

　스킬 정보를 얻고 싶다거나 하는 것은 뒷전이다. 메이플에게 들은 것처럼 벨벳은 그저 순수하게 강자와 싸우고 싶은 것이리라. 그리고 메이플이 아니라 사리를 택한 것은 메이플보다 사리가 자신과 가깝다고 느꼈기 때문이다.

　"정말로 들은 그대로네. 뭐, 나는 메이플보다 PvP에 적극적이야. 이길 수 있다면 이길 거고, 지는 승부는 하지 않아. 그러니까 오늘 전투를 구경해 보고 못 이길 것 같으면 사양하고 싶은걸?"

사리는 그렇게 말하고 농담하듯 웃었다. 그러자 벨벳은 뭐든 정면에서 싸워 보지 않으면 모른다고 대꾸했다.

"하지만 이기지 않는 승부에 나서지 않는 건 사실이야. 나는 질 수 없거든."

"사리는 아직 한 번도 대미지를 받은 적이 없어!"

"어?! 진짜입니까?! 음음음. 더욱 뜨거워지는데요!"

"PvP에서 지지 않는 것이 조건인 스킬이…… 있을지도 몰라요."

"어떤 스킬이든 있을 것 같으니까, 그럴 가능성도 있습니다!"

"글쎄? 하지만 그래서 반드시 한다고는 말할 수 없어."

"알았습니다. 하지만 기대하고 있겠습니다!"

그리하여 네 사람은 7층의 한 몬스터를 잡으러 이동했다.

일행이 말을 세운 곳, 그곳은 바위산의 기슭이었다. 여기서 목적지에 가려면 길에 따라서 정상으로 이동할 필요가 있다.

"중간에 체크포인트가 있어서, 그걸 전부 돌파해야 마지막 보스가 나옵니다!"

"시럽이나 비행 능력이 있는 몬스터로 날아가면 정상 이벤트가 발생하지 않는 거야."

"알고 있었군요……."

"메이플과 조금 약속한 게 있어서 여러모로 조사해 봤거든. 여기는 안 갔지만."

메이플 혼자 여기가 관광지가 아님을 뒤늦게 이해한 가운데, 네 사람은 바위산으로 걸음을 옮겼다.

길은 바위산 내부를 지나면서 마지막에는 정상에서 나오게 된다. 벨벳이 말한 체크포인트란 바위산 내부에 있는 셈이다.

"그럼 바로 출발하자!"

"그러죠!"

메이플과 벨벳이 선두에 서고 사리와 히나타가 뒤따른다. 바위산 내부는 지금껏 몇 차례 탐험한 적 있는 동굴처럼 생겼지만, 몬스터는 하나도 나타나지 않는다. 그래서 손쉽게 체크포인트에 도달할 수 있었다.

그곳에는 보스 방에 있는 문과 비슷하게 세밀하게 장식한 문이 닫혀 있어서, 이곳이 체크포인트임을 한눈에 알 수 있었다.

"다 왔습니다!"

"큰 문이네……. 저기, 뭘 하면 돼?"

"파티에서 원하는 인원을 정하고 안에 있는 몬스터를 이기면 지나갈 수 있어. 도전하는 인원에 따라서 몬스터의 난이도가 달라지고."

"그렇구나."

"이번엔 내가 가겠습니다!"

"상성이 좋다는 뜻이 아니라…… 싸우고 싶어서 몸이 근질근질한 거구나."

"정답입니다!"

여기 올 때까지 몬스터와의 불필요한 전투를 피해서 그런지 기운이 넘치는 것이다. 벨벳이 도전 인원을 혼자로 설정하자 문이 열린다.

"우리도 들어갈 수는 있어요……. 저, 전투에는 참가할 수 없지만요."

"그럼 응원하자!"

"그래야겠네."

벨벳이 문을 지나고 나머지 세 사람도 뒤따라 들어간다. 그러자 문 너머에서 원기둥 모양으로 정비된 공간이 펼쳐지는데, 그 중앙에는 2미터쯤 되는 인간형 석상이 있었다.

벨벳이 건틀릿을 장착한 주먹을 불끈 쥐고 전투태세를 취하자 석상이 묵직한 소리를 내면서 움직이기 시작했다. 석상도 무기가 없이 비슷하게 주먹을 쥔다. 돌로 된 몸은 벨벳보다 훨씬 우람해서, 겉으로만 보면 벨벳에게 승산이 없어 보인다.

"자, 싸웁시다!【뇌신 재림】!"

그 말과 함께 벨벳의 몸에서 무시무시한 번개가 튀고, 때리려고 달려들던 석상의 움직임을 한순간 정지시켰다.

"【전자 도약】, 【버스트업】!"

석상이 움직임을 멈춘 그 순간, 사리가 스킬을 쓸 때보다도 훨씬 빠른 속도로 도약해 거리를 좁히면서 그대로 석상을 후려 친다. 그와 동시에 번개가 터지고, 움직이려던 석상이 다시 잠깐 경직한다.

"【중쌍격】!"

한순간의 경직에 맞춰 좌우 주먹으로 날린 연타가 석상의 몸에 꽂힌다. 가냘픈 몸에 어울리지 않는 위력이 둔탁한 소리를 내고, 석상을 뒤로 날려 버린다.

"【질주】!"

이번에는 맨손이 무기일 때 쓸 수 있는 스킬로 급가속하고 단숨에 거리를 좁혀 다시 유리한 거리를 만든 다음, 몸에서 시퍼런 번개를 내뿜는다.

"【방전】!"

공격 횟수, 피격 횟수에 따라 쌓이는 전기가 분출되어서 석상을 몇 번이고 계속해서 지진다.

그것이 끝나면서 벨벳의 몸에서 튀던 전기가 사그라들고, 석상은 바닥에 엎어져 빛이 되어 사라졌다.

"음. 역시 이젠 상대도 안 되는군요!"

"굉장해! 예전과 다르게 슉슉 움직여서 순식간에 끝냈어!"

"여긴 자주 와서 잡기 쉽습니다!"

"부러워. 역시 빨리 움직이면 멋져!"

"…………."

"……사리, 씨?"

벨벳과 메이플이 흥분하는 가운데, 사리는 눈을 지그시 감고 방금 본 전투를 되새기고 있었다.

메이플에게 들은 전격만이 아니라, 이번에는 무기 타입에 따른 전투를 근처에서 목격했다.

그런 사리는 한 가지 이상한 느낌이 들었다.

맨손은 사거리가 가장 짧다. 그만큼 스킬 위력이 강하게 설정되는 것도 사실이다.

그러나 그 점을 감안해도 벨벳의 주먹은 너무 강력해 보였다.

"위험은…… 감수할 수밖에 없나."

"…………?"

"앗! 내 전투는 어땠습니까! 싸우고 싶어졌습니까?"

"응. 그래. 나중에 하자."

사리가 그렇게 말하자 벨벳은 기뻐서 웃었다.

"뭐, 나만 보면 좀 그러니까. 다음엔 내가 할게."

"오오! 좋습니다!"

"보고서 싸워도 시시할 것 같으면 다시 생각해 봐."

사리는 그렇게 말하고 다음 문으로 먼저 걷기 시작했다.

첫 번째 문이 나올 때까지 그랬던 것처럼, 두 번째 문으로 가는 길에도 몬스터가 없어서 간단하게 진행할 수 있었다.

"그러고 보니 벨벳은 여기 자주 왔다고 했지?"

"일대일로 얼마든지 싸울 수 있으니까요! 하지만 슬슬 시시해진 참입니다."

괜찮아 보이는 던전이 발견될 때마다 히나타를 데리고 돌격하는 벨벳은 강력한 몬스터를 찾고 있을 것이다. 히나타와 둘이서 싸우면 어지간한 보스라도 일방적으로 해치울 수 있다.

그렇다면 벨벳이 원하는 즐거운 싸움을 할 수 없을 것이다.

매번 히나타를 데려갈 수도 없고, 혼자 가면 그나마 강하게 느껴지는 상대도 있으니까, 벨벳은 혼자서 수행하러 다닌 셈이다.

"나 자신도 점점 강해졌고, 히나타랑 둘이라면 질 수가 없습니다!"

"그래서 새로운 대전 상대로 나랑 메이플을 찾아낸 거구나."

"두 사람이 강한 건 지난 이벤트로 아니까요!"

"맞아. 너희와는 라이벌이야!"

대화 중이던 사리는 다시금 벨벳에게 숨겨진 속내가 없음을 확신했다. 메이플이 말한 그대로였던 셈이다.

"라이벌이라고 해도, 메이플은 PvP에 적극적이지 않잖아?"

"으음…… 그럴지도? 이벤트 때 한정일까."

"뭐, 그러니까 결투를 하고 싶으면 나를 찾아오는 게 어때?"

이미 그렇게 교류하는 플레이어가 한 명 있으니까, 사람이 한 명이 더 늘어나도 큰 차이는 없다.

"히나타는 나처럼 전투만 따지는 성격이 아니니까, 일대일로 할 수 있다면 기쁩니다!"

히나타는 필요하다면 싸우는 성격이어서 혼자 마음껏 즐겁게 싸울 수 있는 곳을 찾는 벨벳과는 조금 다르다.

"벨벳과 함께 있으면 즐거워요……. 하지만 벨벳을 즐겁게 해 주는 사람이 생기면…… 기뻐요."

"사리, 책임이 커!"

"응응. 뭐, 일단은 문을 지나서 즐길 수 있는지 확인해 봐."

"알았습니다!"

그렇게 말하고, 사리는 길 저편에 모습을 드러낸 두 번째 문으로 갔다.

"도전자는 나 혼자여도 되지?"

"힘내, 사리!"

"저기…… 응원할게요."

"잘 지켜보겠습니다!"

"그럼 다녀올게."

사리는 전투 인원을 혼자로 설정하고 아까와 똑같이 원기둥 형태인 전투 구역에 발을 들였다.

그곳에는 거의 둔기나 다름없는 돌로 된 대검을 든 석상이 있었다.

"딱 봐도 파워 타입이네."

사리는 석상과 대치하고 단검 두 자루를 뽑아 자세를 잡았다.

"오보로, 【불의 동자】."

오보로를 통해서 불을 두르고 그대로 직선으로 돌진해 석상과 거리를 좁힌다. 벨벳 때처럼 체격이 다르고, 이번에는 무기의 사거리도 석상이 더 유리하다. 그래서 석상이 먼저 공격을 시작했다.

몸이 돌이라고는 생각하기 어려울 정도로 빠르게 휘둘린 대검이 순식간에 허공을 가른다. 먼지가 살짝 날리는 가운데, 사리는 몸을 틀어서 아슬아슬하게 회피하고, 카운터를 날리듯 먼저 대검을 베었다.

"대미지 없음. 그렇다면 이대로……!"

석상의 바로 옆을 빠져나가면서 두 자루 단검으로 옆구리에 상처를 낸다. 대미지 이펙트가 뜨는 가운데, 사리는 그대로 석상과 거리를 벌렸다.

아직 【검무】의 STR 상승이 작아서 사리가 낼 수 있는 대미지는 최대치로 보기 어렵다.

그렇지만 사리의 공격력 자체는 전혀 약하지 않다. 아까와 다르게 아주 조금 감소한 HP를 보고, 사리는 벨벳의 공격력이 상당히 높다고 확신했다.

"홋! 하압!"

다음으로 사리는 뒤돌아서 수평으로 날아드는 대검을 지면에 밀착하듯 자세를 낮추며 돌진해서 피하고, 단검으로 한쪽 다리를 벤 다음 다시 석상의 등 뒤로 빠져나갔다.

몇 번을 해도 똑같다. 석상이 공격에 나설 때마다 오히려 석상의 몸에서 대미지 이펙트와 불똥이 튄다. 석상의 공격은 그대로 전부 빈틈이 되고, 공격하려고 할 때마다 HP가 줄어들었다.

완벽한 카운터. 사리는 스킬을 쓰지 않고 순수하게 기술로만 석상을 너덜너덜하게 만든다. 딱 봐도 강력한 스킬을 쓰지 않지만, 전투하는 모습에서는 박력이 넘쳤다.

"직접 보는 건 처음이지만……."

"네…… 석상에는 디버프가 안 걸렸을 거예요. 저기, 사리 씨는 정말로…… 그냥 피하고 있어요."

"에헤헤. 대단하지!"

"대단합니다!"

자기 일처럼 자랑스러워하는 메이플 옆에서, 벨벳은 가만히 사리의 움직임을 본다. 벨벳이 봐도 사리는 회피용으로 특수한 스킬을 쓰는 것 같지 않았다. 실제로도 그런 것은 없고, 따라서 단순히 기본 공격과 신체 능력만으로 싸우는 사리는 전력을 발휘했다고 보기 어려우리라.

"크! 엄청 기대됩니다!"

벨벳은 결투를 기대하면서, 사리가 아슬아슬하게 대검을 피하고 석상을 베는 모습을 지켜봤다.

결과적으로 사리는 한 번도 공격에 맞는 일 없이 대검 석상을 격파했다. 사용한 스킬은 【불의 동자】 정도다.

"수고했어, 사리!"

"응, 고마워."

"수고했습니다! 더욱…… 기대됩니다!"

"그렇다면 다행이고."

"싸우는 모습을 더 많이 보고 싶습니다! 석상으론 부족했네요."

석상의 공격은 명중하기만 하면 방어력이 낮은 플레이어를 간단히 없앨 수 있지만, 연속 경직에 따른 행동 불능과 모든 공격을 회피하는 상대라면 어느 쪽이든 그 힘을 발휘할 수 없는 것이 당연하다.

"보스는 그럭저럭 강하다는 것 같은데?"

"그래도 부족합니다. 그러니까 후다닥 해치우고 진짜를 하러 가죠!"

"끝내기는 할 거구나."

즐겁게 이야기하는 벨벳과 대꾸하면서 다음 문으로 걸음을 옮기는 사리를 보면서, 메이플과 히나타도 뒤를 따라갔다.

"친해졌나 봐. 호흡이 척척 맞는 느낌?"

"두 사람은…… 비슷한 구석이 있을지도 몰라요."

"그럴지도!"

처음 만나고 금방 호흡이 맞는 것처럼 보이니까, 두 사람의 성질이 비슷한 걸지도 모른다.

"체크포인트는 얼마나 있는지 알아?"

"그게…… 이제 하나 남았어요. 보스를 합쳐서 두 번 더 싸우면 돼요."

"고마워! 그러면 다들 싸웠으니까 마지막엔 내 차례야."

"저기, 저는 혼자 싸우는 데…… 적합하지 않으니까요. 괜찮다면 메이플 씨 혼자나…… 아니면 저랑 같이…….”

히나타는 극단적인 디버프 특화형이다. 상대를 엄청나게 약화할 수는 있지만, 해치우는 능력은 부족한 것이다.

“그럼 둘이서! 그리고 보스는 다 같이 하자!”

“네, 네엣…… 힘낼게요!”

“좋아, 사리! 다음은 우리 둘이서 할게!”

“들었어. 석상은 힘들겠어.”

“다음은 강해?”

“아, 그게 아니라. 두 사람을 상대하는 석상이 힘들 것 같다는 뜻이야.”

“그렇습니다. 히나타는 강합니다!”

“메이플도 강해.”

“아하하. 그건 예전에 잘 이해했습니다!”

두 사람은 벨벳과 사리보다도 훨씬 상대와의 상성이 확연하게 갈린다. 아까 같은 석상이 상대라면 결과도 훤히 보인다.

정상이 가까워지는 가운데, 마지막 체크포인트에 도착한 메이플 일행은 예정대로 메이플과 히나타가 둘이서 도전하기로 했다.

“힘내자!”

“네, 네엣!”

메이플이 방패를 들어서 앞으로 나서고 히나타를 가리듯이 안에 들어간다. 지금껏 본 곳과 똑같은 전투 구역은 이전과 다르게 석상이 둘 있었다.

하나는 돌로 된 거대한 활을 들었고, 나머지 하나는 커다란 망치를 들었다.

"으앗, 둘이나 있어!"

"저기, 저기, 움직임을 멈출게요……!"

"해 봐! 나는 【헌신의 자애】!"

메이플은 먼저 히나타에게 공격이 가지 않게 【헌신의 자애】를 발동하고 시럽을 불러서 히나타가 어떻게 행동할지 지켜봤다.

"【코퀴토스】."

히나타가 만든 냉기가 한순간에 원기둥 모양을 한 전투 구역에 퍼져서 석상들의 움직임을 멈추게 한다. 메이플의 【얼어붙는 대지】보다 강력한 스킬에 의해 석상이 얼음 조각상처럼 된 사이, 두 사람은 할 수 있는 것들을 전부 한다.

"시럽, 【거대화】, 【하얀 화원】, 【붉은 화원】, 【가라앉는 대지】!"

메이플은 히나타와 함께 시럽의 등에 타서 바닥에 자신들에게 유리한 필드를 만든다.

"【별의 사슬】, 【재액 전파】, 【연약한 얼음 조각】, 【중력 비틀기】."

예전에 벨벳과 히나타가 둘이서 보스를 잡았을 때와 똑같은 스킬에 의해 석상들에게 더욱 강한 중력이 엄습하고, 이어서 움직임이 멈춘다.

"더⋯⋯【녹슨 갑옷】,【죽음의 발소리】."

히나타의 인형에서 흘러나오는 검은 안개가 바닥을 따라서 이동해 멀쩡하게 움직일 수 없는 석상을 뒤덮어 방어력을 더욱 떨어뜨린다. 오랜 구속 시간. 한 번 행동이 막히면 연쇄적으로 발동하는 다음 스킬이 상대의 일격조차 허용하지 않는다.

"메이플 씨⋯⋯ 저기, 공격을 부탁해요."

"응!【전 무장 전개】,【공격 개시】!"

몸이 바닥에 가라앉고, 얼어붙고, 중력에 짓눌린 석상들은 메이플의 사격에 저항하지 않고 두들겨 맞는다.

"와! 대미지가 엄청나!"

메이플의 예상을 훨씬 뛰어넘는 대미지가 뜨면서 석상의 HP 가 순식간에 줄어든다. 사격 소리에 섞여서 히나타의 목소리가 가끔 들리니까 뭔가 스킬을 발동하는 건 알겠다. 그것을 드러내듯이 움직이려던 석상이 계속해서 딱 멈추고, 방어력이 한없이 떨어진다.

메이플의 사격 위력이 그대로라도 상대의 방어력이 계속 떨어지면 본디 탄막으로 대미지를 주는 스킬이라도 한 발 한 발이 엄청나게 강해진다.

"메이플한테 듣기는 했는데⋯⋯ 더 대단하네."

"저러면 이길 수 없죠."

벨벳과 사리가 지켜보는 가운데, 두 사람의 싸움은 히나타의 중력과 동결, 메이플의 지형 변화와 상태이상으로 석상이 멈춘 과녁이 되는, 이전보다도 훨씬 일방적인 유린으로 끝을 맞이했다.

　마지막 체크포인트를 지난 일행은 그대로 쉬지 않고 정상으로 이동했다.
"어떻습니까. 히나타는 역시 굉장하죠?"
"응! 굉장했어!"
"저기, 그건, 좀……."
"진짜 강자는 히나타입니다!"
"벨벳도 강하지만. 히나타 같은 타입은 아직 본 적이 없어."
　히나타의 스킬 범위에 무모하게 뛰어들어선 안 된다. 벨벳의 낙뢰보다도 훨씬 막기 어렵고, 한 번 당하기만 해도 연쇄적으로 스킬이 명중해 옴짝달싹할 수 없게 되니까 위험도가 더 높다.
"히나타와 둘이서 있으면 무적입니다!"
　자신만만하게 단언하는 벨벳의 옆에서 히나타는 칭찬 공세가 부끄러운 기색인데, 과장된 말이 아님은 이미 전투로 증명되었다.
"나랑 사리도 둘이서 있으면 무적이야!"
"그거 좋군요!"
"이렇게 확언하면 기대에 부응할 수밖에 없는걸."

"그럼 보스를 빨리 끝내고 메이플의 파트너가 지닌 실력을 구경하겠습니다!"

"정말…… 기대하는 것 같아요."

오면서 한 번 싸우는 모습을 직접 봤으니까 더더욱 그렇겠지. 더는 기다릴 수 없다는 기색으로 오르막길을 뛰어간다.

"아, 하지만 넷이서 보스를 상대하는 건 처음이니까 예상보다 보스가 강할지도 모릅니다."

"넷이서 전력을 다하면 괜찮을 것 같은데. 애초에 그래도 안 되는 보스라면 엄청나게……."

이 자리에 있는 네 사람 모두가 강점이 있고, 하나같이 상식을 초월한 강자들이다. 어지간한 보스로는 대적할 수 없을 것이 뻔하다.

"히나타! 뭐가 나와도 잘 부탁합니다!"

"방어는 나한테 맡겨!"

"네, 네에…… 정말, 든든해요……."

"나는 대미지를 주려면 꾸준하게 쳐야 하니까, 보스 전투는 메이플과 벨벳이 주력일까?"

사리도 벨벳과 마찬가지로 넷이서 도전하는 보스가 어떤 것인지 모르므로 실전에서는 보스와 싸워 보면서 유연하게 대처해야 한다. 따라서 상대의 패턴을 보는 시간은 히나타와 메이플만 있으면 얼마든지 벌 수 있으리라.

지금까지 그랬듯 이동 중에는 적이 없어서 보스 앞까지 간단히 도착한 일행은 망설임 없이 문을 열고 보스 방에 들어갔다.

그곳은 절구처럼 가운데가 옴폭 들어간 산 정상으로, 암벽이 주위를 에워싼 거대 콜로세움 같은 곳이었다. 그런 전투 구역 중앙에는 오면서 싸운 석상의 두 배는 되는 석상이 돌로 된 창과 방패, 갑옷을 갖추고 우뚝 서 있었다.

"창은 처음입니다! 히나타, 최대한으로 부탁합니다! 【뇌신 재림】!"

"네……!"

"좋아, 나도. 【포식자】!"

"자, 어떻게 나올까."

각자 전투태세에 돌입하고, 메이플의 【헌신의 자애】 범위 밖으로 나가지 않게끔 예전처럼 석상이 움직이기 시작하는 것을 경계하면서 앞으로 나아간다.

"움직입니다!"

메이플 일행이 어느 정도 다가갔을 때 석상이 움직이기 시작하고, 거대한 창으로 허공을 찌른다. 그리고 일행이 움직임을 지켜보고 있는 사이, 석상이 무릎을 굽히고 하늘 높이 도약했다.

"우와! 날았어!"

"그대로 날아와!"

석상이 든 창은 멀리서 봐도 알 정도로 빛을 내서, 첫 일격으로 진형을 망가뜨리려는 의도가 보였다.

"하지만 그거라면……."

"우리가 유리합니다!"

"어어, 【녹는 날개】……예요!"

히나타가 스킬을 발동하자 날아들던 석상이 단숨에 속도를 잃고 바닥에 추락했다.

"【얼어붙는 대지】, 【별의 사슬】, 【재액 전파】."

히나타가 바닥에 떨어진 석상을 그대로 땅에 고정하고 평소처럼 방어력을 떨어뜨린다. 그쪽으로 메이플이 총구를 돌리고, 사리와 벨벳은 제각기 불과 번개를 두르며 달려 나간다.

"【전자 도약】!"

"【물의 길】!"

사리는 물속을 헤엄치고, 벨벳은 번개를 남기고 도약해서, 각자 석상과 거리를 좁혀 단숨에 공격을 때려 박는다.

"【폭풍의 눈】, 【뇌우】, 【낙뢰 벌판】!"

석상 근처까지 다가간 벨벳을 중심으로 대량의 벼락이 떨어지고, 그것이 무자비하게 석상을 차례차례 지져서 HP를 확 깎는다.

"【퀸터플 슬래시】!"

엄청난 대미지를 뽑는 바람에 공격 대상이 벨벳으로 넘어간 순간에 사리는 스킬 공격을 선택했다. 일반 공격보다도 대미지가 높은 스킬 공격은 【검무】의 강화 효과가 완전하지 않아도 만족스러운 대미지를 냈다.

"【공격 개시】, 【흘러나오는 혼돈】!"

【히드라】를 쓸 수 없는 상황이어서, 메이플은 후방의 원거리 지원으로 보기에는 너무 강력한 스킬을 날렸다. 석상이 든 거대한 방패로도 완전히 방어할 수는 없었는지, 몸 여기저기서 대미지 이펙트가 뜬다.

그러나 【얼어붙는 대지】는 이동만 방해하는 스킬인 까닭에 석상은 공격에 비틀거리면서도 가장 대미지를 크게 준 벨벳에게 거대한 창을 내질렀다.

"【패리】, 【혼신의 일격】, 【연쇄 뇌격】!"

그 창은 대기 중이던 주먹에 닿자마자 튕겨 나가서 벨벳에게 피해를 주지 못했다. 스킬을 통한 확정 방어, 그것이 만든 시간을 이용해 벨벳은 석상의 다리에 오른손으로 스트레이트 펀치를 날렸다. 그와 동시에 발생한 뇌격은 엄청나게 큰 대미지 이펙트를 뿌리면서 지금도 멈추지 않는 낙뢰와 함께 반대편에서 계속 공격하는 사리와 사격 중인 메이플에게 보스의 공격 타깃이 넘어가지 않게끔 한다.

그렇게 순식간에 엄청난 피해를 본 보스는 그제야 히나타의 구속이 풀린 듯 벼락이 떨어지는 범위에서 벗어나려고 했다.

"나도! 한 번 더!"

그때 자폭 비행으로 날아든 메이플이 바닥에 튀면서 다리 근처로 다가가 스킬을 발동했다. 그것은 히나타와 메이플이 공통으로 가진 스킬이다.

"【얼어붙는 대지】!"

메이플의 외침에 맞춰 다시 바닥에 얼음이 깔리고, 뒷걸음질 치려는 보스가 바닥에 고정된다.

"몰아칩시다!"

"썰어 주겠어!"

유일한 기회였던 이 순간에 도망치지 못한 보스의 최후는 마지막 체크포인트 석상과 전혀 다르지 않았다.

6장 방어 특화와 라이벌.

"아아, 끝나 버렸습니다."

"너무 허무했는걸. 메이플, 수고했어."

"응. 수고했어."

"저기…… 이제는……."

보스를 해치운 다음, 벨벳이 사리를 봤다. 사리도 생각이 바뀌지 않았는지 말없이 고개를 끄덕이자, 벨벳은 곧장 결투를 신청했다.

"힘내, 사리!"

"절대로 안 져."

"호탕하게 말하는군요."

"벨벳…… 응원할게요."

"보스보다 훨씬 즐거운 싸움이 될 것 같습니다!"

사리가 벨벳의 신청을 수락하고, 두 사람은 전이해서 모습을 감췄다.

결투 전용 공간으로 전이한 두 사람은 거리를 두고 서로를 보면서 결투 시작을 기다렸다.

"후, 언제든지 괜찮아."

"HP가 0이 되면 지는 겁니다. 전력을 다해 싸웁시다!"

"당연히. 이기는 데 필요하다면 아끼지 않아."

"시작합니다."

카운트다운이 뜨고, 벨벳은 주먹을, 사리는 단검을 쥐고 시작을 기다린다. 그리고 결투 시작 신호가 뜨자마자 벨벳의 몸에서 번개가 발생한다.

"【뇌신 재림】!"

"싸우는 모습을 봤으니까 말이지. 간다!"

몸에서 번개가 파직파직 튀지만, 그것 자체에는 대미지가 없다는 것을 석상과 싸우면서 알았다. 낙관할 수는 없지만, 그 스킬은 번개를 다루기 위한 스위치 같은 것이라고 결론을 내렸다. 대미지가 떠야만 번개의 영향을 받는다면 문제가 될 일은 없다.

"【폭풍의 눈】!"

벨벳이 소리치자 본인을 중심으로 사방으로 바닥에 번개가 퍼진다.

"【얼음 기둥】! 【오른손 : 실】!"

"그것참 좋군요!"

실을 조작해 상공으로 도약한 사리는 번개가 지나간 것을 확인하고 곧장 행동에 나섰다.

"오보로, 【흑연】!"

사리의 주위에 검은 연기가 퍼지고 모습을 감추나 싶더니, 다음 순간에 연기 속에서 다섯 명의 사리가 튀어나와 제각기 벨벳에게 달려간다.

"【스턴 스파크】!"

벨벳의 몸에서 메이플의 【패럴라이즈 샤우트】와 비슷한 이펙트가 뜨고, 모든 사리가 바닥에 철퍽 쓰러진다.

"【진동권】!"

벨벳이 바닥을 때리자 충격파가 발생하고, 쓰러진 사리에게 모두 명중한다. 다섯 명의 사리는 차례차례 소멸하고, 무난하게 모두의 모습이 사라졌다.

"【핀포인트 어택】!"

"윽, 어쩐지 반응이 밋밋하다 싶었습니다!"

등 뒤에서 목에 일격을 맞은 벨벳의 HP가 확 줄어드는 가운데, 사리는 뇌격이 오기 전에 재빨리 거리를 벌렸다. 대미지를 봐서는 벨벳의 방어력도 매우 낮은 듯, 사리의 일격으로 HP가 절반 가까이 줄어들었다.

"하지만 알았습니다. 하나만 사라지는 느낌이 달랐습니다!"

"용케 알아봤구나."

"그쪽이야말로, 안 맞았습니까?"

"내 약점은 나도 잘 아니까. 스턴은 걸릴 수 없어."

"감이 좋군요!"

눈으로 보고 피할 수 없는 공격이라면 예측할 수밖에 없다. 사리는 특히 광범위 스턴, 마비를 공략하는 방법을 생각했다.

치명적인 스킬은 특정 상황에서 상대가 쓰도록 유도해야 한다. 그래서 다섯 명 모두가 맞은 것처럼 위장하고, 【신기루】로 본체만 거리를 벌린 다음, 스킬이 발동한 때를 노려 【도약】, 【초가속】으로 단숨에 거리를 좁히고 뒤에서 공격한 것이다.

"왠지 그럴 것 같았지만…… 두뇌전으론 이길 수 없을 것 같습니다!"

"그렇다면 어쩌려고?"

"폭풍 속으로…… 초대하겠습니다!"

"아하……!"

"【낙뢰 벌판】, 【뇌우】!"

골치 아프게 생각하지 말고, 광범위 스킬로 쓸어버린다. 한 대만 맞으면 끝이니까 기습도 못 할 정도로 사방에 벼락을 떨어뜨리면 된다. 잔재주를 부리지 못하게 순수한 힘 대결로 끌어들이는 것이다.

벨벳을 중심으로 두 스킬이 만든 벼락이 끊임없이 치고, 그것은 벨벳의 이동에 맞춰 범위가 변하고 있다. 지금의 벨벳은 그야말로 폭풍이나 다름없는 존재였다.

"자, 어쩔 겁니까? 【전자 도약】!"

벨벳이 도약해서 빠르게 접근하는 것에 맞춰 빗발치듯 떨어지는 벼락도 다가온다.

"오보로, 【순영】!"

사리는 오보로의 스킬로 한순간 모습을 감추고, 벨벳이 목표를 놓친 틈에 거리를 벌려 벼락이 치는 범위에서 벗어났다. 그리고 다시 모습을 드러내고 곧장 다시 상황을 살피고자 뒤로 물러났다.

"【극광】!"

그런 사리를 놓치지 않겠다는 듯 벨벳이 두른 번개가 더욱 강해지고, 스킬 발동과 함께 사리를 중심으로 바닥에서 원형으로 빛이 나더니 굉음과 함께 번개 기둥이 출현한다. 그러나 명중하면 십중팔구 숯이 될 위력인데도, 이번에도 딱히 이렇다 할 반응도 없이 소멸했다.

"또입니까?!"

벨벳이 주위를 살피자 벼락이 치는 범위 밖에 사리가 서 있는 것이 보였다.

"환영이 그렇게 잘 다룰 수 있는 물건입니까?"

"나한테는 상성이 좋은 스킬이 몇 가지 있으니까. 슬슬…… 갈게!"

"진심입니까?"

"물론. 떨어지는 벼락은…… 아까처럼 기둥이 아니니까."

사리는 그렇게 말하고 몸을 낮춰 단숨에 빗발치는 벼락 사이로 돌진했다. 벨벳은 사리가 무모하게 돌진할 리가 없다며 주먹을 쥐면서 【신기루】를 경계했다.

"후우……!"

"……!"

벨벳의 눈앞에서 믿기지 않는 광경이 펼쳐졌다. 사리가 순수하게 반사신경과 직감만으로 낙뢰를 전부 피하며 달린다. 수많은 벼락이 하나도 사리에게 맞지 않고, 도저히 피할 수 없을 것만 같은 뇌우 속을 똑바로 달리고 있다.

힘에는 힘. 이것은 대책이 없어 보이는 것을 힘으로 제압하는 기술.

불가능을 가능으로 바꾸면, 상대의 전략을 파훼할 수 있다.

"마, 말도 안 됩니다"!

"이 정도는 해야…… 같이 다닐 수 있거든!"

"【번갯불】!"

앞으로 뻗은 벨벳의 팔에서 방출된 번개가 아슬아슬하게 낙뢰를 피하던 사리를 정면에서 덮친다. 번개답게 발동 속도가 빠른 스킬이 적절하게 날아가 도망칠 구멍이 없게 전후좌우를 틀어막았다.

"그렇다면……!"

전후좌우가 막혔다면. 사리는 도약해서 번개를 피하려고 한다. 공중에 발판을 만들 수 있는 사리라면 삼차원적 움직임으로 활로를 찾을 수 있다.

"【초가속】, 【도약】, 【연쇄 뇌격】!"

벨벳은 그때를 기다렸다는 듯이 단숨에 가속해서 뛰어올랐다. 제아무리 사리가 공중에서 움직일 수 있더라도, 지상보다는 기동력이 훨씬 떨어진다. 전기가 모여서 파직파직 소리를 내는 주먹을 날리고, 접근을 허락한 사리의 몸에서 더욱 격렬한 소리와 전격이 터진다.

"이게 말이 됩니까?!"

지금이 기회라고 날린 필살의 일격은 세 번째 불발로 그쳤다. 사리의 몸이 일렁이면서 공기 중으로 사라지고, 그와 동시에 벨벳은 등 뒤에서 확실한 기척을 느꼈다.

"【방전】!"

"【초가속】, 【도약】!"

벨벳의 몸에서 대량의 번개가 방출되지만, 등 뒤에 있던 사리는 즉각 공중을 박차고 스킬로 가속해 공격 범위에서 벗어났다.

"공격을 무효화하는 스킬······이군요. 본체로 【번갯불】을 무효화하고, 환영은 미끼였던 겁니다."

"글쎄? 하지만 이제야 예전 전투에서 본 위험한 스킬을 다 쓰게 했어."

이전 공격으로 벨벳의 HP가 줄어든 것을 보면, 그 타이밍에서는 사리의 일격으로 게임이 끝났을지도 모른다. 그렇기에 벨벳은 불리한 상황에서 사리를 확실하게 물러나게 하는 스킬로 주위에 번개를 뿌리는 【방전】을 쓸 필요가 있었다.

"좋습니다. 즐겁습니다!"

"하하. 나는 외줄타기를 하고 있는데 말이야. 하지만 이제 조용해졌어."

【방전】을 쓰면서 뇌우가 멈추고, 벨벳의 몸에서 발생하던 시퍼런 번개도 멈췄다. 큰 피해를 주는 대신에 전기를 띠는 상태를 해제하는 스킬이지만, 이번에는 몸을 지키기 위해서 쓸 수밖에 없었다.

"대단합니다! 정말로 피했군요. 나중에 요령을 배우고 싶습니다!"

그렇게 말하고 벨벳은 다시 주먹을 쥐었다. 그 표정에는 자신감이 넘쳐서, 난처한 것처럼 보이지 않는다.

"아직 비장의 패가 있다는 걸까?"

"있습니다!"

"하하. 정말 숨기는 게 없구나."

사리에게는 비장의 패로 불릴 만큼 한 방에 상황을 역전할 스킬이 없다. 그저 묵묵하게, 승리로 가는 길을 걸을 뿐이다.

예측하고 상대의 헛방을 유도해야만 피할 수 있는 공격도 많다. 벨벳이 말한 비장의 패가 어떤 스킬인지 잘 관찰해야 한다. 절대로 상대의 유도에 넘어가는 안 된다. 사리는 언제나 죽음과 함께하고 있다. 지금까지 유리했던 상황도 한 대만 맞으면 한순간에 역전당한다.

벨벳은 전격을 잃었지만, 본인이 있다고 말한 이상 비장의 패가 있다고 판단했다. 이런 상황에서 잔머리를 굴릴 사람이 아니기 때문이다.

사리는 신중하게 거리를 두면서도 【뇌신 재림】의 재사용 대기시간이 다 되기 전에 결판을 내고자 기회를 엿봤다.

"섣불리 움직이지 않네……. 그렇다면 오보로, 【흑연】!"

시야만 가리는 스킬인 까닭에 재사용 대기시간이 짧은 점을 살려서, 사리는 다시 상대의 행동을 유도해 보려고 했다.

연기를 뚫고 나온 사리는 곧장 벨벳에게 간다.

세 번이나 속인 【신기루】는 벨벳으로 하여금 똑바로 달려드는 사리에게 곧장 대처하지 못하게 했다. 망설이다간 빈틈이 생기고, 그때는 사리가 진짜로 【신기루】를 써서 허를 찌를 수 있다.

게다가 이대로 직진해도 사리로서는 공격을 그냥 피할 수 있으니까 문제가 없다. 망설이면서 공격하는 것을 피하지 못할 사리가 아니다.

직진과 후퇴를 저울질하면서, 사리는 벨벳에게 대미지를 주려고 했다.

"…………."

앞으로 몇 발짝만 가면 닿을 거리인데도 움직임을 보이지 않는 벨벳을 경계하면서 전진하는 사리의 앞에서, 벨벳은 갑자기 자세를 풀었다.

"【뇌수(雷獸)】!"

【극광】과는 정반대로 벨벳의 몸 안에서 전기가 흘러나오고,

새하얀 기둥이 되어 주위를 환하게 비춘다.

사리는 【신기루】를 발동하고 【대해】와 【고대의 바다】로 AGI를 낮춰서 단숨에 거리를 벌렸다. 【매미 허물】은 마무리 일격에도 쓸 수 있는 대미지 무효화 스킬이므로 【행방불명】으로 회피할 수 없는 지금은 매우 귀중하다. 그것을 무턱대고 쓸 수는 없다.

사리는 예상하지 못한 사태에 냉정하게 거리를 벌려 관찰했다. 빛의 기둥이 사라졌을 때, 그 자리에는 몸에 전기를 두르고 희미하게 빛을 발히는 거대한 백호가 있었다.

"으음. 안 맞았네요."

"뭔가 노리는 게 보였으니까……. 그런데 그런 건 메이플 말고 처음 봤어."

"어떻습니까? 이번엔 내가 먼저 갑니다!"

메이플의 【포학】과 비슷한 크기. 압도적인 존재감과 부활한 번개. 언제 벼락이 빗발칠지 모르는 상황인데도 사리는 웃고 있었다.

"응. 시험할 수 있어. 좋은 스킬이 있구나."

"……?"

"공격은, 내가 할 거야."

사리는 원래라면 움츠러들어야 할 상황에서 더욱 가속해 짐승으로 변신한 벨벳에게 접근했다. 예상하지 못한 반응이 한순간 벨벳의 초기 대응을 지연시켰다.

"【물대포】!"

"으억?!"

허둥지둥 버티고 서려고 해도 지지점이 되는 발을 물이 밀쳐
낸다. 아무리 무겁고 덩치가 커도 관계없이 부력에 따른 효과
가 벨벳의 균형을 무너뜨리고, 미처 스킬을 쓸 수 없는 한순간
에 사리가 몸 밑으로 파고들었다.

"오보로, 【불의 동자】, 【더블 슬래시】! 【물의 길】, 【빙결영
역】!"

그대로 경직 시간 동안에 발동이 끝나는 스킬로 대미지를 주
고, 벨벳의 HP 자체가 늘어난 것을 확인하고서 다음 행동으로
넘어간다. 사리는 재빨리 벨벳의 주위에 물을 깔고 이번에는
냉기를 둘러 얼렸다. 그것에 구속이 되어서 벨벳이 자유롭게
될 때까지 짧게나마 시간을 끌었다.

"크윽……"

"【얼음 기둥】! ……스킬을 안 쓰는 건 그 모습에 뭔가 제약이
있어서 그렇지?"

사리가 생성한 다섯 개의 얼음 기둥은 평소 특별하지 않은 벽
에 불과하다. 하지만 덩치가 커진 벨벳은 딱 맞게 자신을 에워
싸도록 배치된 얼음 기둥을 비집고 나올 수 없다.

"【얼음 기둥】은 부술 수 없어. 그러니까 그 몸으론 탈출하지
못해. 그렇게 된 거야."

"설마 이렇게 일방적으로 막힐 줄은 몰랐습니다. 완전히 졌

네요."

"그래? 뭐, 순순히 받아들일게."

구속하면 범위 밖에서 일방적으로 마법을 연사하기만 하면
된다. 벨벳이 말한 것처럼, 모든 것이 간파당하고 봉쇄당하는
바람에 결투는 그대로 막을 내렸다.

결투가 끝나고 소감을 주고받기 시작한 벨벳과 사리는 아직
둘이서 결투장에 있었다. 벨벳은 그때는 어떻게 그렇게 됐는
지, 그건 어째서 그렇게 됐는지 사리에게 질문을 퍼붓는다. 이
번 결과와 그 과정이 그만큼 흥미진진했던 기색이다.

"으음. 근데 신기합니다. 아무리 감이 좋아도 그렇게 잘 피할
수 있습니까? 【뇌수】는 처음 봤죠?"

"오늘 승리에는 조금 비밀이 있거든."

"어? 뭡니까, 대체 뭡니까!"

"보통은 이렇게 일방적으로 흘러가지 않아. 벨벳은 강하고,
나랑도 상성이 안 좋으니까."

"으음. 그야 그렇겠죠. 사리가 한 대 때리는 것보다 내가 한
대 때리는 게 더 간단할 겁니다."

그러나 결과는 반대다. 그렇다면 사리가 하는 이야기에는 아
직 중요한 말이 남았다는 뜻이다.

"벨벳은 있지. 왠지…… 비슷해."

"비슷합니까?"

"응. 강력한 광범위 공격과 스치면 큰일이 나는 상태 이상, 접근전에 강하고, 원거리 공격 수단이 있지. 그리고 변신."

그런 요소가 있는 사람이 누구인지는 사리가 전투 중에 직접 답을 말했으니까, 벨벳도 예상할 수 있었다.

"벨벳의 위험지대는 메이플과 비슷해."

"아하…… 같은 편으로 가장 많이 봐서 자연스럽게 위험을 감지할 수 있게 됐다 이겁니까?"

"물론 그런 것도 있어. 하지만 조금 달라……. 메이플한테는 말하면 안 된다?"

"네……? 알겠습니다."

벨벳이 대답하자 사리는 잠시 침묵한 다음 말을 꺼냈다.

"나는 언젠가 메이플과도 붙어 보고 싶어. 메이플을 이기는 사람이 나였으면 하고, 내가 처음으로 진다면 메이플이 좋아. 메이플에게 이기는 방법도, 질 때의 예상도, 다른 누구보다 많이 생각했어."

즉, 가장 가까이서 지켜봐서 그런 것이 아니다. 메이플을 타도할 방법을 가장 많이 생각했기에 비슷한 행동 패턴을 보이는 벨벳에게 응용할 수 있었던 셈이다.

"크으―! 상대를 잘못 골랐네요. 파트너이면서 라이벌이란 겁니까."

"뭐, 나 혼자만 그렇게 생각하는 거지만. 메이플은 그런 걸 좋아하지 않으니까 정말로 싸우게 될지는 잘 모르지만, 그때까지 나는 지지 않고, 메이플은 완벽하게 지킬 거야."

"질 수 없다고 생각하는 만큼 움직임이 노련해지는 거군요."

"그런 셈이야. 다음엔 이렇게 잘 풀리지 않겠지만."

"나도 아직 비장의 패가 있으니까 말이죠. 이번엔 된통 당했지만. 게다가 히나타와 둘이서 싸우는 것이 가장 강하니까요."

언젠가는 벨벳과 히나타, 메이플과 사리로 2 대 2가 될지도 모른다.

"이길 거야. 질 수 없으니까."

"나도 그렇습니다! 이번엔 여러 가지를 들어서 좋았습니다."

"조금…… 말이 많았을까."

사리 본인도 느낀 바 있듯이, 벨벳은 왠지 모르게 메이플과 분위기가 비슷한 걸지도 모른다. 지금껏 다른 사람과 이런 식으로 이야기한 적은 없었으니까.

"그럼 이제 갑시다. 히나타도 기다릴 테니까요."

"그래."

벨벳도 프레데리카처럼 나중에 또 싸우자고 약속해서, 사리의 결투 친구가 또 한 명 늘어났다.

"언젠가…… 싸울 수 있으면 좋겠습니다."

"응. 이번이 마지막일지도 모르고."

그리하여 결투를 마치고 기묘하게 친해진 느낌으로 돌아온 두 사람에게, 메이플과 히나타는 대체 무슨 일이 있었나 하고 고개를 갸우뚱했다.

결투도 마치고 만족스러운 표정을 지은 벨벳을 선두로 네 사람은 산에서 내려갔다.

"다행이에요……. 고마워요, 사리 씨."

"결투만 했으니까, 그런 소리를 들을 일은 아니야."

"오늘은 만나서 좋았습니다! 다음에 싸울 때까지 더 강해지 겠습니다!"

2 대 2 대전은 다음 기회로 미루고, 오늘은 이만 해산하기로 했다.

"아, 그랬지. 잠깐 괜찮습니까?"

"응? 나?"

해산 직전, 벨벳은 사리를 부르고 즐거운 결투의 보답으로 한 가지 정보를 주었다.

"요즘 지도의…… 이쪽에서, 강한 플레이어가 레벨을 올리 고 있다고 합니다."

"헤에, 가 볼까. 눈에 띄게 강한 플레이어도 늘어났으니까."

"사리는 그렇게 말했지만, 내가 가장 먼저 꺾을 겁니다. 라이 벌이군요!"

매번 똑같은 소리를 하는 플레이어 한 명을 떠올리면서, 사리 는 정보를 받았다.

"내가 이길 때까지 지면 안 됩니다!"

"말했다시피, 질 때는 벨벳이 아니야."

"그게 더 불타오릅니다!"

아무튼 정보를 받은 시점에서 그날은 해산하게 되었다.

벨벳과 히나타 콤비와 헤어진 메이플과 사리는 마을로 돌아가기로 했다. 사리의 말에 함께 타서 바람을 가르며 길을 따라 마을로 돌아간다.

"벨벳은 강했어?"

"강했어. 다른 곳에서도 강한 플레이어가 늘어나고 있대. 받은 정보도 재미있는 플레이어가 있다는 이야기였어. 가 볼래?"

"응. 모처럼 알려줬으니까! 이번처럼 친해질지도 몰라!"

"그러면 다음에 가 보자. 주말에 자주 온대. 아, 하지만 벨벳처럼 라이벌이 될지도 모르겠는걸."

메이플한테도 라이벌에 해당하는 사람이 늘어났다. 이것도 사람과 사람의 관계를 보여주는 하나의 형태인 셈이다.

"더 강해져야지! 나도 길드 마스터니까!"

"좋은걸. 나도 도울게."

"응! 사리가 있으면 무척 든든해!"

"후후. 고마워."

그리하여 이것저것 이야기하는 사이에 두 사람은 어느덧 마을에 도착했다.

623 이름 : 무명의 대검 유저
이벤트도 없고 8층 업데이트도 멀었고
느긋한 시간이구나.

624 이름 : 무명의 창 유저
7층이 넓으니까. 아직 구석구석 다 탐색하지 못했어.

625 이름 : 무명의 활 유저
다른 곳도 그렇지만, 7층은 특히 넓으니까 말이지.

626 이름 : 무명의 마법 유저
하지만 테이밍 몬스터를 구하면 목적을 달성한 셈이잖아.

627 이름 : 무명의 창 유저
이 시간에 우리 몬스터를 육성할 필요가 있겠지.

628 이름 : 무명의 대검 유저
그래. 지난번 이벤트에서 중요성을 다시 인식했으니까.

629 이름 : 무명의 방패 유저
나도 꾸준히 레벨을 올렸어.

630 이름 : 무명의 활 유저
앗, 나타났다.

631 이름 : 무명의 마법 유저
어때? 요새는 별일 없어?

632 이름 : 무명의 방패 유저
음, 요새는 딱히 없는걸.
애초에 메이플은 7층에 없을 때가 많아.

633 이름 : 무명의 대검 유저
오, 어디 새로운 던전이라도 찾았어?

634 이름 : 무명의 방패 유저
아니, 사리랑 관광 중이라던데.

635 이름 : 무명의 창 유저
즐겁게 사는구나.

636 이름 : 무명의 활 유저
잘 어울리는걸.

637 이름 : 무명의 마법 유저
원래부터 기를 쓰고 레벨을 올리거나
던전을 탐색하는 타입처럼 보이지 않았으니까.
제1회 이벤트 때부터 그랬지.

638 이름 : 무명의 방패 유저
그림 그리던 거 말이지?

639 이름 : 무명의 대검 유저
하나를 하면 다른 것도 하고 싶어지니까
나도 가끔은 느긋하게 지낼까.
진짜 그렇게 지내라는 기간일지도 모르겠는걸.

640 이름 : 무명의 창 유저
이 게임은 관광 명소 같은 곳이 많으니까.

641 이름 : 무명의 활 유저
나는 거의 안 갔어. 지금 생각하면 아쉬울지도 몰라.

642 이름 : 무명의 마법 유저
뭐 즐기는 방법은 사람마다 달라.
참고로 메이플은 어딜 관광하러 갔어?

643 이름 : 무명의 방패 유저
최근에 들은 바로는 부유성. 구름 위에 있는 곳.

644 이름 : 무명의 창 유저
거긴 관광 명소가 아니잖아. 더럽게 센 드래곤 캐슬이잖아.

645 이름 : 무명의 활 유저
경치는 예쁘지만 까딱하면 죽는데?

646 이름 : 무명의 대검 유저
메이플이라면 어디서든 경치를 구경하면서 걸을지도 몰라.
그건 좀 부러워.
기습당해도 끄떡없는 것이 가장 큰 메리트 같아.

647 이름 : 무명의 방패 유저
오늘도 어딘가에서 느긋하게 관광하고 있겠지.

648 이름 : 무명의 창 유저
그 어딘가가 보통 플레이어에게는 죽음의 땅이라도 말이지…….

649 이름 : 무명의 활 유저
시대는 관광에도 방어력을 요구하는가…….

650 이름 : 무명의 마법 유저

뭐, 일반적인 관광 명소라면 우리도 갈 수 있으니까

나도 가끔 가 볼까.

7장 방어 특화와 반전.

벨벳이 알려준 장소에는 주말에 사리와 같이 가 보기로 하고, 메이플은 오랜만에 7층 마을에서 느긋하게 시간을 보내고 있었다.

가장 새로운 지역은 사람이 많아서 북적북적 활기가 넘친다. 그런 7층에서, 메이플은 아이스크림을 들고 나무 그늘에 있는 벤치에서 쉬고 있었다.

"밤하늘이 테마인 관광 명소는 층마다 있다고 했으니까, 나도 7층에서 찾아볼까."

곰곰이 생각해 보니 좋은 관광 명소는 대체로 사리가 소개해 줬다. 메이플이 주도했을 때는 우연히 도달하는 경우가 있었지만, 직접 안내한 적은 거의 없었다.

"나도 보답해야지!"

좋은 경치에는 좋은 경치로.

사리가 모처럼 층마다 있다고 알려줬으니까, 이번에는 메이플이 먼저 찾아서 사리에게 소개해 주려는 셈이다.

"응! 힘내자!"

메이플은 아이스크림을 다 먹고 기운차게 일어섰다.

"먼저 정보를 수집해야지!"

평소 사리가 그렇게 하듯이, 메이플은 정보 수집부터 시작하려고 했다. 애초에 아직 7층에서는 그럴싸한 정보를 찾지 못했기 때문이다.

"밤에만 이벤트가 발생한다든지, 그럴 거야!"

다만 별이 보인다고 해도 사리가 소개해 준 곳처럼 지상에 있다고 한정할 수는 없다. 하늘이 보이지 않는 장소일 가능성도 충분히 있다.

"사리는 어떻게 층마다 있다고 알았을까?"

추측해 보자면 어딘가에 그런 정보가 있었다는 뜻이다. 플레이어 사이에 도는 소문이거나, 아니면 더 확실한 이야기거나.

"좋아! 도서관에 가자."

사리가 말할 정도면 확고한 증거가 있는 거겠지. 그렇게 생각한 메이플은 NPC나 이미 마을에 있는 정보에서 힌트를 찾기로 했다. 그렇다면 바로 행동하자고, 메이플은 타박타박 뛰어서 7층 도서관으로 향했다.

도서관에는 책이 많지만, 당연히 그 전부에 의미가 있는 것은 아니다. 출입할 수 없는 곳이 많고, 도서관의 분위기를 확보하려고 배경에 책을 설치하기만 곳도 있어서, 실제로 읽을 수 있는 책은 한정된다.

그래도 방대한 양이 있다.

사리가 읽을 수 있는 책을 일일이 확인했을 것 같지는 않으니까, 어느 정도 예상하고 찾았거나 알기 쉬운 힌트가 있을 것이다. 그렇게 생각하고 찾아보니 그럴싸한 테마의 책이 모인 코너를 발견했다.

"별이나, 빛 같은 걸…… 아, 이 근처에 있을 것 같아!"

메이플은 그중에서 책 한 권을 집었다. 그 책에는 별에 관한 이야기가 있었다.

"아, 이걸지도! 어디 보자. 호수에 별이 보이는 하늘…… 진화의 어둠…… 응. 7층 같아!"

진화의 어둠이란 문장에서 어쩌면 시럽이 더 강해지는 퀘스트가 있을지도 모른다며, 메이플은 혼자 납득했다.

"자! 바로 밤에 가 보자!"

메이플은 사리와 동굴을 탐색했을 때처럼 만약을 대비해 장비를 갖췄다. 이번에는 호수에 가는 거니까 라이트나 밧줄이 아니라 【수영】과 【잠수】 같은 스킬이 없어도 수중에서 활동할 수 있는 스노클 등의 도구를 챙겼다.

밤. 하늘에서는 별이 빛나고, 필드에서도 몬스터가 바뀌었을 무렵. 메이플은 시럽을 타고 하늘을 날고 있었다.

"7층에선 사리의 말을 타고 이동해서 오랜만인 것 같아."

주위에서 가끔 새 몬스터가 공격하지만, 잠시 방치해 두면 메이플의【헌신의 자애】가 지키는 시럽을 어떻게 해 보지 못하고 포기한다.

이상한 루트로 침입하는 플레이어 대책으로 배치된 몬스터가 나타나지 않는 이상, 느긋한 여정인 셈이다.

"어디 보자…… 호수니까……."

메이플이 사전에 조사한 바에 따르면 7층에서 호수로 불릴 만한 곳은 현재 세 군데 발견되었다. 그중에서 어디가 목적지일지는 이렇다 할 정보가 없어서 모르겠다.

그리고 모른다면 두 발로 직접 뛸 수밖에 없다.

다행히 메이플은 시럽과 밤하늘을 날기만 해도 무척 즐거웠다. 직진하면 도착할 수 있도록 방향을 조정해서 날아가면【사이코 키네시스】조작도 최소한으로 그친다.

그렇게 생긴 여유로 넓은 등딱지 위에 드러누워 별을 구경하면서 나는 것이다. 예쁘게 보이도록 만들어진 밤하늘인 만큼 현실보다도 별이 뚜렷하게 잘 보여서 별다른 도구가 없어도 밤하늘을 감상할 수 있다.

"좋아! 후다닥 돌아보자!"

메이플은 밤하늘을 날면서 세 군데 있는 호수를 돌아다녔다.

결론부터 말해서, 그곳에는 딱히 아무것도 없었다.

호수는 정말 예뻤지만, 이렇게 알아보기 쉬운 호수에 뭔가 있다면 다른 플레이어가 이미 발견했을 것이다.

"으으…… 간단히 찾을 수 없구나. 그렇다면 어딜까……."

책에 정말 의미가 있다면, 어딘가 다른 곳에 호수로 부를 만한 장소가 있을 터이다.

"앗……!"

메이플은 한 가지 가능성을 떠올리고 다시 시럽을 타고서 지도 가장자리로 날아갔다.

그렇게 메이플이 찾아간 곳은 밤바다였다.

레벨을 올리기 좋은 곳도 아니라서 사람들은 안 보이고, 조용한 파도 소리만이 모래밭에 퍼지고 있다. 메이플은 시럽을 탄 채로 바다 위를 나아가 야자나무가 한 그루 있는 작은 섬으로 이동한 다음 시럽을 반지로 되돌렸다.

"이젠 천천히 기다리기만 하면 돼."

메이플은 그렇게 말하고 인벤토리에서 과자를 꺼내 야자나무에 몸을 기대고 그때가 오기를 기다렸다.

"흥흥흥…… 앗!"

그렇게 느긋하게 기다리자 어두운 밤바다보다도 훨씬 짙은 촉수가 다가와서 메이플의 몸을 움켜잡았다.

"잘 부탁해!"

그렇다 이 촉수가 데려가는 곳…… 지하 호수라고 할 수 있는지는 의문이지만, 물이 고인 곳이 있었다는 사실을 떠올린 것이다. 첨벙 소리가 나고 물속에 가라앉아 어두운 바다에 뒤섞인 검은 안개 속으로 빠져든다.

다음으로 메이플이 눈을 뜨자 축축한 바위로 둘러싸인 좁은 공간이 나타났다.

"됐어! 무사히 왔어!"

메이플은 기지개를 쭉 켜고 가장 깊숙한 곳으로 나아간다. 지난번 공략으로 어떻게 가야 하는지 아니까 당황하지 않고 다음 촉수에 잡혀서 안으로 쑥쑥 들어간다.

장애물을 겸하는 촉수가 때리거나 조이기도 하지만, 별로 신경 쓰지 않고 노 대미지 상태로 이동한다.

여기서는 스킬을 입수할 수 있지만, 일반적으로 그렇게 할 수 없으므로 어지간한 플레이어들은 보상을 받을 수 없다. 따라서 진입 방식이 특수한 이 던전에 더 숨겨진 것이 있지 않을까 생각한 것이다.

"어떤 경치일까?"

메이플은 벌써 별을 기대하면서 다시 촉수에 붙잡힌다.

다만 메이플은 미처 생각하지 못했다.

촉수가 마구 공격하는 곳이 관광 명소가 될 수 있을지를.

메이플이니까 무시할 수 있지, 일반적인 플레이어의 방어력으로는 너무 위험한 곳이라는 사실을.

그리하여 메이플은 다치지 않고 보스 앞까지 올 수 있었다.

"……?"

지난번과 다르게 밤중의 보스 방은 검은 물과 안개가 더 많아진 느낌이 들었다. 다만 지금의 메이플은 어떻게 싸울지 알아서 겁내지 않고 병기를 전개했다.

"먼저 배 속에 들어가야지!"

몸 안에 들어가기만 하면 그냥 해치울 수 있다는 사실을 아는 메이플은 이럴 때 쓰려고 준비한 스노클을 써서 잠수 능력을 강화한 다음 스스로 검은 물속으로 뛰어들었다.

"하나둘, 셋!"

첨벙 뛰어든 메이플을 맞이하듯이 촉수가 다가와 더 깊숙한 곳으로 끌고 간다. 메이플로서는 참 반가운 일이었다.

예전에 해치운 적이 있는 몬스터에게 질 리가 없다. 문어의 몸속은 독과 괴물과 총탄과 식물로 가득 채워져 무참하게 폭발했다. 메이플은 병기를 터뜨려서 물 밖으로 나온 다음, 그대로 일단 지면으로 올라갔다.

"해치웠는데…… 으음. 아무 일도 안 생기네."

숨겨진 장소이기도 하니까 뭔가 있을지도 모른다고 생각했는데, 보스 격파는 발생 조건이 되지 않는지 가만히 있어도 별다른 일이 일어나지 않았다.

"물속도 잘 찾아봐야지."

새까만 물속에서는 앞이 잘 보이지 않아서 어디가 바닥인지도 모를 지경이다.

지난번에는 새로운 스킬인 문어발로 만족하고 돌아갔었다. 그래서 메이플은 뭔가 더 있다면 보일지도 모른다는 마음으로 라이트를 켜고 물속에 들어가 병기 폭발로 단숨에 바닥에 도달해 눈에 띄는 표식이 없는지 살폈다. 그러자 딱 중앙 부분에서 더 깊이 들어갈 수 있을 법한 구멍을 발견했다.

메이플은 구멍 크기로 봐서 병기를 전개하기 어렵다는 사실을 확인하고 다시 부상했다.

"저런 게 있었구나. 몰랐어. 위치는 바로 아래니까……."

다시 폭발로 단숨에 잠수해서 시간을 번다. 이렇게 한 번에 탐색하고, 숨을 더 쉴 수 없게 된다면 이번에는 포기하자고 방침을 정했다.

"사리가 처음 【수영】 레벨을 올릴 때도 힘들어 보였는데…… 제발 너무 깊지 않기를!"

메이플은 다시 폭발해서 물속으로 빠르게 잠수하고 구멍으로 뛰어들었다. 주위가 벽이어서 그런지 마치 눈을 감은 것처럼 캄캄한 가운데 눈앞에서 공기 방울이 보글보글 올라가는 것만 느껴진다.

그리고 얼마 후, 메이플은 주위 벽이 사라지고 어느새 숨을 쉴 수 있게 되었다는 사실을 깨달았다. 마침내 아무것도 없는 캄캄한 공간에 서서히 가라앉는 감각도 사라지면서 가장 밑바닥에 도달했음을 알았다.

메이플이 멀어진 수면 쪽을 보자 여기보다는 물이 맑은 편이라서 그런지 가라앉은 구멍 위쪽이 밝고 깨끗한 달처럼 보였다. 다만 이것은 메이플이 밤하늘 풍경을 찾아서 그렇게 보이는 것일지도 모른다.

"으으. 좋은 경치 같지 않아……. 아쉬워라. 다른 건 뭐 없을까……."

이대로 돌아가는 것도 아쉽다며, 메이플은 평소보다 주의 깊게 주위를 살폈다.

"앗?! 저건!"

메이플은 어둠 속에서 눈에 익은 것을 발견했다. 지난번에 왔을 때 놓친 듯한 보물 상자였다.

"와! 그렇구나. 알기 쉽게 눈앞에 나타나기만 하는 건 아니구나! 다음에는 더 자세히 찾아봐야겠다……."

메이플은 지난번 보상도 기뻐하면서 보물 상자를 탁 열었다. 그러자 안에서 평소 자주 보던 축복의 빛이 아니라 이곳의 어둠 속에서만 알 수 있는 검은 무언가가 흘러나왔다. 이 어둠을 만드는 듯한 그것은 메이플을 감싸고, 마침내 몸속으로 스며들었다.

『스킬【반전 재탄】을 취득했습니다.』

"……? ……??"

진화하는 것은 시럽이 아니었나 보다. 예전에 놓친 보상은 수많은 라이벌에게 있어서 메이플이 발견해서는 안 되는 물건이었을지도 몰랐다.

지하에서 탈출한 메이플은 다시 밤바다로 돌아와서 뜻밖에 얻은 스킬을 확인했다.

【반전 재탄】

1분 동안 AGI가 반감하고 모든 나쁜 효과를 받지 않는다.

다음에 사용하는 특정 스킬 1개를 스킬마다 지정된 다른 스킬로 변경한다. 효과 시간 5분. 소비 HP 500.

"소비 HP가 500이면…… 【포학】을 쓸 때나 하얀 장비 세트가 아니면 안 되겠구나."

메이플은 스킬의 발동 조건을 확인한 다음 그것에 맞는 장비로 변경해 HP를 회복했다.

"좋아. 【반전 재탄】!"

그 말과 함께 메이플의 몸에서 검은 안개가 흘러나오고 빨간 대미지 이펙트가 떴다. 그리고 메이플이 스테이터스 창에서 스킬을 확인해 보니 HP가 딱 500 줄어들고 몇 가지 스킬이 깜

빡이고 있었다.

"【포학】하고…… 【천왕의 옥좌】, 그리고 【헌신의 자애】?"

즉, 메이플의 스킬 중에서 【반전 재탄】의 대상이 되는 것은 이렇게 세 가지라는 뜻이다.

"아무튼 가장 잘 쓰는 【헌신의 자애】부터 시험해 보자!"

스테이터스 창에 있는 스킬 부분에서 변화 후의 스킬을 확인하고 조심조심 입에 담는다.

"어디…… 【애타는 사랑】."

메이플이 선언하자 바닥에서 익숙한 하얀 빛이 아니라 검은 빛이 원형으로 퍼졌다. 그리고 메이플의 등에 검은 날개가 생기고 머리 위에서는 똑같이 검게 물든 천사의 고리가 출현했다.

"오오! 굉장해! 이쪽이 검은 갑옷에 더 잘 어울리는 것 같아!"

상식적으로 기뻐해야 할 부분과는 다른 점에 주목한 메이플은 장비를 검은 갑옷으로 돌려놓고 조금 흥분했는데, 효과 시간이 있다는 사실을 떠올리고 다시금 스킬 효과를 확인했다.

"음, 사용자가 받는 대미지를 범위에 있는 아군 플레이어와 몬스터가 대신 받는다. 으으…… 정말로 정반대 느낌이네."

이것을 쓰는 동안에는 【헌신의 자애】와 정반대로 메이플이 받는 대미지를 범위에 있는 아군이 대신 받는다. 【헌신의 자애】는 대미지를 받지 않는 메이플이기에 무척 강력한 스킬인데, 반대로 【애타는 사랑】은 메이플이 써도 큰 의미가 없는 스킬이 된다.

본래는 방어력이 낮고 공격력이 높은 플레이어가 생존용으로 쓸 때 유용할 것이다. 범위에 있는 아군이 전부 쓰러질 때까지 확정으로 살아남을 수 있다면 공격 담당은 최대한의 대미지를 뽑을 수 있다.

　"앗. 그래도 이거면 【포식자】가 지켜줄 수 있어!"

　【포식자】를 소환하고 나서 장비를 바꾸는 번거로움이 있지만, 잘 쓰면 지금까지 주위 사람들을 지키던 것과는 다른 방식으로 싸울 수 있을지도 모른다.

　"좋아. 사용법을 생각해 보자!"

　메이플은 순수하게 새 스킬을 기뻐하고 다음에는 반드시 관광 명소를 찾아내겠다고 다짐한 다음 혹시 놓친 것이 없는지 주위를 확인했다. 방금 재탐색으로 스킬을 입수했으니까 평소보다 훨씬 꼼꼼하게 조사해 본다.

　"【반전 재탄】은 5분마다 쓸 수 있으니까 다른 스킬도 시험해 봐야지!"

　메이플은 탐색을 진행하면서 새로운 스킬을 잘 써먹을 방법을 시험하고 바다 근처를 돌아다녔다.

---

802 이름 : 무명의 대검 유저
속보 : 메이플이 타천하다.

803 이름 : 무명의 창 유저
?????

804 이름 : 무명의 마법 유저
이미 했잖아.

805 이름 : 무명의 활 유저
요새는 특별한 일이 없었다고 들었는데?

806 이름 : 무명의 방패 유저
진짜냐. 난 몰라.

807 이름 : 무명의 대검 유저
하지만 양옆에 낯익은 괴물을 두 마리 소환하는 여자는
한 사람밖에 없잖아.

808 이름 : 무명의 마법 유저
더 없겠지.

809 이름 : 무명의 활 유저
없을 거야.

810 이름 : 무명의 대검 유저
그 메이플의 등에 검은 날개가 생겼어.
더군다나 바닥에서도 검은 빛이 나던데.

811 이름 : 무명의 창 유저
이펙트 색깔을 변경한 걸까?

812 이름 : 무명의 활 유저
테이밍 몬스터는 그럴 수 있다고 들었는데
플레이어한테는 아직 없는 기능이겠지.

813 이름 : 무명의 마법 유저
메이플은 테이밍 몬스터였다······?

814 이름 : 무명의 대검 유저
몬스터 맞아.

815 이름 : 무명의 방패 유저
뭐, 부분적으론 그렇지.

816 이름 : 무명의 창 유저
완전히 부정할 수 없지. 당연해.

817 이름 : 무명의 대검 유저
뭐, 정보는 그게 다야. 누가 희생될지 기다려 봐야지.

818 이름 : 무명의 마법 유저
희생은 확정인가…….

————————————————————————————————

8장 방어 특화와 활의 명수.

　게시판에서 새로운 스킬의 소문이 퍼진 것도 모르고, 메이플과 사리는 주말에 평소처럼 7층 마을에서 모였다.

　"또 이상한 스킬을 찾았구나⋯⋯."

　"응. 깜짝 놀랐어. 지금까지 간 곳에도 못 보고 그냥 지나친 게 있을지도 몰라."

　"확실히 없다고는 단언할 수 없겠는걸. 보스를 잡은 다음에 특별한 게 없거나, 보스 자체가 약한 곳은 다시 보러 갈 가치가 있지 않을까."

　사리는 벨벳, 히나타와 함께 간 산을 예로 들었다. 메이플 일행이 너무 강한 탓이라고 생각할 수도 있지만, 산 하나를 쓰는 던전의 규모와 배치된 몬스터의 강함이 맞물리지 않는 것처럼 느껴졌다.

　"그런 곳에는 뭔가 더 있을지도 몰라. 뭐, 정보가 없으면 힌트도 없지만,"

　"으으. 탐색도 참 심오해. 앗. 입수한 스킬은 나중에 뭔지 보여줄게. 잘 쓰기가 어려워서, 사리라면 뭔가 좋은 방법이 떠오

를지도 모르거든!"

"그러면 나도 생각해 볼게. 아, 맞다. 메이플은 아직 지난번 이벤트에서 얻은 메달을 스킬로 안 바꿨지? 그쪽에도 뭔가 좋은 게 있을지도 몰라."

"응! 라이벌도 생겼으니까, 좋은 스킬이 있으면 좋겠어."

"나는 이미 바꿨으니까 다음에 보여줄게."

"응! 기대할게!"

결투에서는 사리가 승리했지만, 진짜 승부는 PvP 이벤트 때다. 이기고 싶다면 특히나 히나타 대책이 필요하리라.

"지금부터 보러 갈 사람도 강할 테니까, 스킬을 볼 수 있으면 좋겠는걸."

"좋아. 사리, 가자!"

"응. 말을 준비할게."

메이플과 사리는 슬슬 출발하기 위해서 이야기를 중단하고, 말에 올라타서 강한 플레이어가 레벨을 올리고 있다는 목적지로 달려간다.

"벨벳이 말하기론 보면 알 수 있다고 했으니까. 꽤 눈에 띄는 모습일 거야."

"흠흠."

그리하여 메이플과 사리가 찾아온 곳은 바람이 솔솔 부는 평원이었다. 이곳은 새나 작은 용처럼 희소가치가 높지 않은 비행형 몬스터가 서식하는 곳으로, 전망이 좋은 평원의 하늘을 몬스터들이 자유로이 날아다니는 것이 보였다.

"【헌신의 자애】!"

"응. 고마워."

이곳의 몬스터는 숫자도 많고 움직임이 빠르다. 사리라면 그것도 전부 쉽게 피할 수 있겠지만, 오늘 목적은 플레이어를 찾는 것이니까 방해받지 않는 것이 더 좋을 것이다.

"굉장해 보이는 사람을 찾으면 되지?"

"응. 벨벳도 어떻게 생긴 사람인지는 자세히 알려주지 않았으니까."

처음 봤을 때 놀라기를 바란 거겠지. 벨벳은 장소만 알려줬다. 그렇다면 일반적으로 많은 플레이어 사이에서 찾아내기 어렵다.

그런데도 찾을 수 있다면 메이플이 벨벳과 처음 만났을 때처럼 눈길을 끄는 무언가가 있다는 뜻이리라.

"딱 보면 이상한 걸 알겠지. 지금의 메이플처럼."

"으에?!"

사실 메이플은 지금 이렇게 대화하는 동안에도 날아다니는 몬스터가 날리는 바람 마법과 몸통 박치기 등의 다양한 공격을 튕겨내고 있다. 두 사람에게는 평소 익숙한 광경이지만, 일반적이지 않은 것은 확실하다.

즉, 그런 사람을 찾으면 되는 것이리라.

그렇게 평원을 돌아다닌 두 사람은 감이 딱 오는 플레이어를 발견했다.

훤칠한 남녀 2인조. 남자는 자기 키만큼 큰 활을 든, 음유시인 같은 차림새다. 여자는 고전적인 메이드 차림에 대걸레를 들었다. 사리가 말한 것처럼 딱 보면 이상하다고 느껴지는 2인조를, 두 사람은 멀리서 지켜보기로 했다.

공격은 기본적으로 남자가 하는 듯, 메이드 차림의 여자는 지원에 전념하는 것 같았다.

놀라운 점은 활 공격의 위력과 속도다. 하늘을 나는 드래곤을 겨누고 시위를 당기는가 싶더니, 다음 순간에는 공중에 있는 드래곤의 몸에서 빨간 대미지 이펙트가 뜨고 한 방에 HP가 0이 되었다.

똑같은 방식으로 일격에 몬스터를 차례차례 맞혀서 떨어뜨린다.

"굉장해! 활은 저런 느낌이야?"

"아, 주변에 아는 활 유저가 없지? 저런 느낌은 아니야. 응."

당연하다는 듯이 움직이는 대상을 전부 깔끔하게 맞히고 있는데, 애초에 그것부터 이상하다. 사리가 회피로 생존하는 것만 봐도 알 수 있듯이, 당연히 활로도 정확하게 조준할 필요가 있다. 더군다나 활은 정확하게 조준하는 것으로 끝나지 않고, 명중하는 타이밍과 적의 위치가 어긋나면 빗나가고 만다.

"위력, 명중의 정확도. 순수하게 전부 높은 수준이니까 강한 거겠지. 아마도 저건 스킬을 쓰지 않았을 거야."

활에도 현실에 불가능한 동작을 보이는 스킬이 있다. 여러 화살을 동시에 쏘거나, 날아가는 화살의 궤도를 틀거나. 하지만 그러한 시스템 간섭이 없는 일반 공격이라면, 겉으로 드러나지 않은 힘은 이루 헤아릴 수가 없다.

"하지만 마이와 유이를 생각하면 아무리 봐도 위력이 너무 강하니까 뭔가 비결이 있겠지. 아마도 저 메이드의 버프도 강력할 거야."

극단적인 STR 올인에 스킬 보정도 붙는 두 사람과 비슷한 파괴력은, 제아무리 플레이어의 실력이 뛰어나다고 쳐도 스킬의 영향이 전혀 없다고 보기 어렵다.

"그렇구나……."

2인 1팀의 강력함. 벨벳이 흥미를 보인 이유도 이해할 수 있다. 그 뒤로도 하나도 놓치는 일 없이, 그 2인조는 차례차례 몬스터를 떨어뜨렸다.

"활도 멋지구나……."

"응. 저만큼 잘 맞으면 즐거울 테고."

메이플과 사리가 그렇게 멀리서 구경하고 있는 동안에 두 사람은 주위의 적을 다 해치우더니, 하늘로 겨누던 활을 거두고 메이플 일행에게 다가왔다. 우연히 다가오는 것이 아닌 듯 메이플과 사리 앞에 딱 멈추더니 남자가 먼저 말을 건다.

"거참. 열심히 구경하는 분이 있구나 싶더니 말이죠."

"그래. 예상 밖의 유명인이야."

이렇게 직접 두 사람을 보니 남자는 온화하고, 여자는 씩씩하고 당당한 분위기가 느껴졌다.

"저를 알아요?"

"그럼요."

"그야 당연히. 그런 방어구를 장비하면 누구나 알아볼걸."

오늘은 7층이라서 메이플과 사리는 최강 장비로 단단히 무장했다. 남녀가 말한 대로, 이 장비를 쓰는 사람이 메이플과 사리임을 모르는 사람은 현재의 NWO에서 소수일 것이다.

"그래서 무슨 일이죠? 메이플 씨와 사리 씨 맞죠? 적진을 정찰하러 온 걸까요?"

"저기, 벨벳이 재미있는 사람이 있다고 해서……."

벨벳의 이름을 꺼내자 두 사람은 납득한 것처럼 고개를 끄덕였다.

"두 분을 말한 거군요. 요전번에 벨벳 씨가 여기 왔었습니다."

"강한 플레이어와 싸워서 즐거웠으니까 우리가 있는 곳에도 가 보라고 했다더군. 그랬군. 그건 메이플과 사리를 두고 한 말이었나."

"굉장했어요!"

"그런 말을 들으면 기분이 나쁘지 않군요."

"그 정도는 윌에게 쉬운 일이지."

그때야 이름을 밝히지 않았다는 사실을 깨달은 두 사람은 제각기 이름을 말했다. 윌이라고 불린 남자가 윌버트, 메이드 차림의 여자가 릴리다.

"나는 길드 【래피드 파이어】의 길드 마스터야. 뭐, 윌이 도와주니까 운영하는 거지."

"아하하, 저도 그래요."

메이플도 작전은 사리에게 부탁할 때가 많다. 하는 일은 그 작전에 마지막으로 조금 손을 대는 정도다. 예를 들어 지난번 이벤트 때 자폭을 써서 표식이 되는 작전은 메이플이 제안한 것이다.

"괜찮다면 조금 이야기할까요? 적진 정찰도 사실은 틀린 말이 아니겠죠?"

"우리도 직접 만나는 건 처음이니까. 인원이 적은 길드이면서 좋은 성적을 내는 너희에게는 흥미가 있지."

"그렇다면야……."

"네! 이야기해요!"

그리하여 벨벳의 소개로 길드 【래피드 파이어】의 수뇌진과 만난 메이플과 사리는 【thunder storm】 때처럼 교류하기로 했다.

"얼마 후면 방금 잡은 몬스터가 다시 출현할 겁니다. 이야기할 거라면 안전지대로 가는 게 좋겠는데……."

"그게 소문으로 듣던 방어 필드인가 보군."

메이플은 둘이서 두 사람을 지켜보는 동안에도 사리를 지키기 위해서 【헌신의 자애】를 전개하고 있었다. 제4회 이벤트 때처럼 대대적으로 방송된 영상은 물론, 전투에서 메이플이 목격될 때는 대체로 천사의 날개를 달고 있으니까 최전선에서 싸우는 플레이어 중에서 이 스킬을 전혀 모르는 사람은 없다.

"그게, 같은 파티 멤버만 지킬 수 있어요."

"그야 당연하겠지. 아니, 문제없어. 윌이나 나나 이런 곳의 몬스터에 당할 정도로 약하진 않아."

"어디로 갈까요? 이쪽으론 별로 오질 않아서, 주변 안전지대는……."

그렇다면 자신이 안내하겠다며 릴리가 앞장서 걷기 시작했다. 그것에 반응한 몬스터가 덤벼들지만, 윌버트가 정확하게 맞혀서 한 마리도 다가오게 두지 않았다.

"메이플이 싸운다면 일단 방패 뒤에 숨어야겠네."

윌버트의 사격은 무시무시할 정도로 정확해서, 사리는 AGI가 최소치인 메이플이라면 다소 발을 놀려 회피하려고 움직여도 무의미할 것으로 예상했다. 더군다나 얼굴이나 팔다리가 방패 밖으로 드러나기만 해도 정확하게 명중할 가능성이 있으리라.

"윽…… 저, 정말로 그래야 할 것 같아."

"나도 활의 기본 스킬은 아는데, 화살을 늘리거나 곡사로 쏠 수도 있어."

"네. 숨길 일도 아니니까요. 저도 당연히 활의 기본 스킬을 취득했습니다."

"윌버트 씨는 그것 말고도 뭔가 더 있겠지만."

"글쎄요? 분위기로 봐서는 이미 예상한 것 같군요."

"아무것도 없이 그 위력과 연사는 불가능하니까요."

"관찰력이 좋군요."

"하하. 윌은 강해. 예를 들면 사리, 네 회피 능력은 소문으로 익히 들었지. 하지만 맞고 나서야 알 정도로 빠르게 날아오는 화살을 피하긴 어렵겠지?"

"과연 어떨까요……?"

"호탕한데? 네 능력도 보고 싶어졌어."

벨벳이 한 말이 이런 뜻이었다며 혼자서 즐거워하는 릴리에게, 메이플은 아무런 거리낌 없이 말을 건다.

"릴리 씨의 장비는 참 근사해요!"

"이거 말인가? 뭐, 오랫동안 썼으니까 말이지. 슬슬 어울리게 된 걸지도 모르겠군."

그렇게 말하고, 릴리는 대걸레를 빙글빙글 돌리면서 장난을 쳤다.

"원래는 릴리도 별로 좋아하지 않았는데, 성능이 워낙 좋아서 말이죠."

"그렇지! 겨우 구한 레어 장비에서 이런 게 걸린 사람의 처지가 되어 보라고."

릴리가 드러내는 분위기는 봉사하는 사람의 복장과는 정반대로 사람들 위에 서는 자에 가깝다. 그렇기에 길드 마스터인 것도 납득할 수 있다. 어울리지 않는다는 것도 당당한 분위기와 일치하지 않는다는 뜻이리라.

"장비로 치면 일등급이지. 이 옷도, 창으로 취급하는 대걸레도 말이야."

"그게 창이었어요?!"

"그래. 물론 보다시피 공격력의 거의 없지만."

"정보를 많이 주네요……."

"대수로운 건 아니다. 게다가……."

릴리는 잠시 사리를 돌아보더니 도발적인 웃음과 강한 자신감이 느껴지는 분위기를 드러내면서 단언한다.

"설령 모든 스킬이 알려지더라도, 월과 나라면 승리할 수 있다고 생각하니까."

"언제나 말하는 거지만, 과대평가입니다."

"아니지. 강하다는 건 원래 그런 것이야."

"저는 제가 할 수 있는 일을 할 뿐입니다."

"그래. 월. 그러면 된다. 즉, 그런 셈이다."

"벨벳과 마음이 잘 맞을 것 같네요."

"벨벳도 그럭저럭 자신감이 크니까 이해하는 부분이 많지. 게다가 실제로 벨벳과 히나타는 강하다."

"다음에 순위전 형식의 PvP 이벤트가 있으면 판도도 크게 바

꿰겠죠. 아, 안전지대는 저쪽인데…… 필요하지 않았을지도 모르겠군요."

말하면서 몬스터를 전부 격추하는 월버트와 말하면서 걸어도 문제가 없는 메이플이 그 파트너를 지키고 있으니까 어디를 가든 안전지대나 다름없다.

"그렇게 말하지 마라, 월. 편안한 곳에서 이야기해야 대화가 더 무르익는 법이지."

"그 말도 옳군요."

그리하여 네 사람은 몬스터가 끼어들지 않는 안전지대에 도착했다.

평원 변두리에 있는 커다란 나무. 그것을 중심으로 일정 범위에 몬스터가 접근하지 않으므로 느긋하게 이야기해도 문제가 없다.

"이벤트에서 활약한 모습을 본 게 다니까 말이지. 언제 한번 이야기해 보고 싶었다. 벨벳한테는 나중에 고맙다고 말해야겠군."

릴리는 이렇게 말하지만, 메이플과 사리는 벨벳이 말한 재미있는 플레이어가 어떤 사람인지 멀리서 확인하려고 온 것이다. 싸우는 방식은 물론이고 인물상조차 아까 처음 접한 것이어서 이렇게 제대로 대화하게 될 줄은 몰랐다. 그래서 별다른 질문은 준비하지 않았다.

"흐음. 그렇다면 우리가 하나 물어봐도 될까?"

"네!"

"너희가 비장의 패로 간직한 스킬을 가르쳐 주지 않겠나?"

너무나도 직구인 질문에 메이플과 사리는 나란히 눈을 휘둥 그레 떴다. 그 표정을 본 릴리는 재미있다는 듯이 웃고 다시 말을 꺼냈다.

"반은 농담으로 한 말이다. 그러면 너희에게 메리트가 없으 니까. 그러니 벨벳과 그랬던 것처럼 우리와도 던전에 같이 가 는 게 어떨까?"

메이플과 사리에게도 메리트가 있는 이야기다. 벨벳과 히나 타가 얼마나 강했는지를 떠올려 보면 【집결의 성검】이나 【염제 의 나라】 말고도 경계해야 하는 길드가 늘어난 상황이다. 지금 까지 강했던 길드는 쉽게 말해서 유니크 시리즈나 강력한 스킬 의 이점을 일찍 입수한 곳이다. 시간이 흐를수록 그런 곳이 늘 어나면서 양대 길드라는 구도도 조금씩 바뀌기 시작했다.

"너희도 알고 싶을 텐데. 게다가 우리도 너희의 변화를 보고 싶거든."

그렇게 말하는 릴리의 표정에서, 사리는 의도를 짐작했다. 즉, 【단풍나무】의 정점이라고 할 수 있는 메이플과 사리를 여 전히 경계해야 할지, 이제는 그럴 필요가 없어졌는지를 확인 하려는 것이다.

사리는 릴리가 벨벳보다 정확하게 자신들이 숨기는 스킬을 행동으로 간파할 수 있을 것이라고 예측했다. 어설프게 숨겨도 소용이 없으리라.

"사리, 어쩔까?"

"괜찮지 않을까? 실제로 윌버트 씨의 활 솜씨를 볼 수 있다면 앞으로 대책을 세울 때 도움이 될 테니까."

사리는 본인의 스킬만이 아니라 메이플의 스킬 구성도 잘 파악하고 있다. 그러니까 릴리와 윌버트가 알 만한 스킬을 써도 정보에 영향이 없다고 생각했다. 눈앞에서 싸우면 전투 방식의 습관을 들킬 가능성이 있지만, 비장의 패가 되는 스킬만 숨기면 상황을 뒤집을 수 있다.

추가로 릴리도 말했듯이 보여줘도 이길 자신이 있다. 대책을 세울 수 없는 스킬이라면 보여줘도 달라질 것이 없다.

"뭐, 메이플은 평소처럼 싸우면 돼."

"알았어! 힘낼게!"

메이플의 전투를 떠받치는 중요 스킬은 제4회 이벤트부터 크게 바뀌지 않았다. 몇 가지 새로 입수한 스킬로 할 수 있는 일은 늘어났지만, 기본은 【헌신의 자애】로 지키면서 소환 스킬과 원거리 공격 스킬로 싸우는 스타일이다.

지금껏 이벤트에서 주목받았지만, 평소처럼 싸우면 그때와 똑같은 스킬을 바로 앞에서 보여주는 것에 불과하다.

"그러면 어디로 갈까요. 여기서 가까운 곳이라면……."

"거기로 가자, 윌. 몬스터도 많고, 복잡한 패턴도 있지? 벨벳이 안내한 투기장보다는 어렵지만, 비슷한 던전이다. 자, 우리한테도 손패를 보여줬으면 좋겠군."

릴리가 제안한 장소를 들은 메이플과 사리도 동의하고, 일행은 근처 던전으로 이동했다.

일행은 가는 길에 아무 문제도 없이 무사히 던전에 진입하는 마법진 앞까지 왔다.

그곳은 녹음으로 가득한 숲속에서도 더욱 색이 진한 곳으로, 마법진을 중심으로 넝쿨이 나무를 뒤덮어 마치 에너지를 흡수하는 느낌이 든다.

공략에 임한 네 사람은 파티를 맺어서 이제는 여기에 올라가면 모두가 함께 던전에 돌입할 수 있다.

"위험한 곳처럼 보이지만, 문제없다. 올라가지."

"응. 사리, 가자!"

"그래, 알았어."

메이플이 발을 올리자 빛이 네 사람을 감싸고 던전 내부로 이끈다. 그곳은 벽과 바닥이 온통 나무로 된 장소였다.

"여기 몬스터는 불 속성에 약하지만, 불을 쓰면 던전 특성에 따라 디버프를 받아요."

디버프의 내용은 스테이터스 저하, 받는 피해 증가와 같이 흔히 보는 것이 한꺼번에 걸리는 사양이다. 다행히 메이플과 사리는 무리해서 불을 쓰지 않아도 싸울 수 있어서 이 던전에서도 어떻게든 할 수 있다.

"오보로의 스킬만 조심하면 되겠네. 메이플도 괜찮을 것 같고."

"응. 불은 쓰지 않아!"

"그렇다면 잘됐군. 좌우지간 실력을 구경해 보실까."

"맡겨 주세요!"

그리하여 상황이 어느 정도 정리될 때까지 메이플과 사리가 둘이서 싸우기로 했다. 일단 릴리와 윌버트는【헌신의 자애】로 보호받으면서 메이플과 사리의 전투를 관찰한다.

한동안 나아가자 바닥에 처음 던전에 진입했을 때와 똑같은 마법진이 전개되고, 그곳에서 온몸이 나무로 된 인형 몬스터가 세 마리 나타났다. 각각 특징이 있는데, 한 마리는 두 팔이 크고 나머지 두 마리는 각각 나무로 된 활과 검을 들고 있었다.

"메이플, 심플하게 가자!"

"【전 무장 전개】,【공격 개시】!"

눈앞에는 세 마리의 적. 그리고 이곳은 통로의 중간. 그렇다면 할 일은 하나밖에 없다. 메이플은 병기를 생성해서 전부 몬스터를 향해 일제 사격했다.

딱 봐도 잡몹 같은 몬스터는 한동안 빗발치는 총탄을 맞고 그대로 폭발했다.

"나이스, 메이플!"

"나한테 맡겨!"

그 뒤에서 메이플과 사리의 쾌진격은 멈추지 않고, 몬스터들은 통로를 가득 채운 병기가 만든 탄막을 돌파하지 못했다. 릴리와 윌버트는 뒤에서 그 모습을 가만히 지켜보고 소문 그대로의 능력을 확인한다.

"어떻지, 윌?"

"확실히 강력하지만, 한 발의 위력은 별로 강하지 않은 것 같군요."

"실제로 그렇겠지. 윌, 너라면 그 약점을 찌를 수 있다."

"네……. 다만 싸우는 곳을 잘 생각할 필요가 있겠죠."

실물을 직접 보는 것도 중요하다. 겉으로 봐서 화려해도 실제로 강하다는 보장이 없기 때문이다. 윌버트의 활은 메이플의 총에도 뒤지지 않는 속도와 그 이상의 위력이 있다. 대책 없이 정면에서 쏘지만 않으면 한 방의 위력을 살릴 수 있으리라.

"그래도 새삼 보니까 이걸 어떻게 하려면 고생이 심할 것 같군. 처음 보는 사람은 무척 놀랄 것이야."

그렇게 말하는 사이에도 메이플은 잡몹을 쓸어 버리고 한 걸음씩 전진하고 있다. 몬스터로서는 병기를 전개해서 통로를 틀어막고 사격으로 먼저 공격하는 메이플을 무시할 수도 없어서 무참하게 희생될 수밖에 없었다.

그렇게 전진하고 있을 때, 지금껏 좁았던 나무 통로에서 나와 탁 트인 방처럼 생긴 공간이 나왔다.

벽의 분위기는 똑같지만, 바닥에는 시립의 화원 스킬처럼 다양한 색을 띤 장미가 핀 가시덩굴이 깔려 있었다.

이전보다도 명백하게 넓고 모양새가 달라진 공간을 본 메이플도 뭔가 일어날 것을 예감했다.

"강한 몬스터가 나올 것 같아."

"정답이야! 나왔어!"

바닥에 깔린 가시가 갑자기 커지고 방 중앙에서 엉키더니 한층 커다란 빨간 장미가 피었다. 그것은 의지를 가진 것처럼 양옆에 뻗은 가시덩굴을 움직여 채찍처럼 꿈틀거렸다.

"구역이 하나 끝났군. 여기를 끝내고 교대할까. 둘이서도 이길 수 있겠지?"

"히, 힘낼게요!"

"메이플, 방어는 맡길게. 던전의 기믹만 알면 괜찮을 거야."

딱 봐도 불 속성 공격을 쓰게 유도하고 있지만, 두 사람은 이 던전에서 그래선 안 된다고 알기 때문에 함정에 빠지지 않는다. 사리가 뛰쳐나가는 것을 신호로 전투가 시작된다.

"【흘러나오는 혼돈】, 【공격 개시】!"

중앙에 핀 거대 장미에 메이플이 내보낸 괴물이 직격하고, 이어서 총탄이 날아간다.

그것과 동시에 사리를 위해 조금씩 전진시킨 【헌신의 자애】 범위로 거대 장미가 진입한다. 이것으로 메이플은 직접 공격하는 사리의 안전을 확보하고, 이제는 후방에서 사격에 전념하기로 했다.

사리는 메이플에게 보호받으면서 관통 공격에 메이플이 대미지를 받지 않게끔 조심스럽게 장미가 있는 곳으로 향했다.

"후우……!"

사리의 앞으로 쇄도하는 채찍은 다 합해서 네 개. 좌우에서 두 개씩 각도를 바꿔서 다가오는 것을 사리가 아슬아슬하게 유도해 돌파한다. 하나, 둘. 메이플의 【헌신의 자애】만 믿고 임하는 것이 아니라는 사실은 지켜보는 릴리와 윌버트에게도 전해졌다.

"헤에."

"과연……."

벨벳과 윌버트 때도 그랬듯, 직접 눈앞에서 보는 것은 전혀 다르다.

"어떻지, 윌. 맞힐 수 있겠나?"

"빠르기만 한 화살로는 잡을 수 없겠죠. 게다가……."

후방에서 바닥에 생긴 다수의 가시덩굴에 걸리고도 태연한 메이플을 보고, 윌버트는 쓴웃음을 지었다.

"저쪽도 위력이 강하기만 한 화살로는 의미가 없을 겁니다."

"명불허전이란 뜻이군."

다시 사리에게 눈길을 돌리자 네 개에서 두 개가 더 늘어나 합계 여섯 개가 된 가시덩굴 채찍을 완벽하게 피하면서 베고 있었다. 지금도 덮쳐들고 있는 바닥의 가시덩굴도 사리를 포착할 수 없다. 그 광경이 어지간한 범위 공격으로는 잡을 수 없다고 확신하게끔 했다.

다만 사리는 스킬을 써서 공격하지 않으니까 HP는 조금씩 줄어들기만 했다.

일반적인 플레이어라면 아슬아슬하게 회피하다가 조바심이 나서 단숨에 결판을 내려고 할 텐데, 외줄타기 같은 회피를 당연하게 하는 것을 보면 이것이 평소 싸우는 방식임을 알 수 있으리라.

"메이플! 단숨에 가자!"

"응!"

메이플은 병기를 터뜨려서 가시덩굴을 날려 버리더니, 그대로 장미를 향해 돌격했다.

"【포식자】!"

그리고 검은 방패를 정면으로 세우면서 양옆에 괴물을 거느린 상태로 장미에 일직선으로 낙하했다.

"에잇!"

모든 것을 집어삼키는 방패가 꽃을 쥐어뜯듯이 물어뜯자 장미에 뒤지지 않는 빨간 대미지 이펙트가 뜬다. 【포식자】는 가시덩굴과 싸우게 하고, 몸을 멈출 방법이 없는 메이플은 그대로 뒤쪽 바닥에 격돌해 굴러간다.

"뭐, 관통 공격은 아닌 것 같지만. 혹시 모르니까, 말이야! 【퀸터플 슬래시】!"

한 손으로 5연타. 나아가 【추인】으로 추가 5연타. 아무나 배울 수 있는 단검 스킬이라도 버프를 받고 20연타로 날리면 어엿한 결정타가 된다. 메이플이 큰 대미지를 줘서 움츠러든 장미에 사리가 추가타를 날린다. 평소의 정석으로 꽃을 지탱하던 줄기 부분을 난자하자 팡 소리와 함께 장미 몬스터가 빛이 되어 사라졌다.

"수고했어, 메이플. 괜찮아?"

"응! 가시투성이였지만, 관통 공격이 아니어서 다행이야."

"그렇나 보네. 그렇다면 너 적극적으로 공격해도 됐을까."

바닥을 구른 메이플에게 손을 내밀면서 갑옷에 묻은 먼지를 털어내자 구경하던 두 사람이 다가왔다.

"대단한걸. 실제로 보니 믿기 어려운 방식으로 싸우더군. 너희의 강함은 역시 그 기초 능력이라고 실감했다."

메이플의 사격은 상식을 초월하는 방어력 덕분에 완전한 고정 포대가 될 수 있어서 정확도를 높이기 쉽다. 움직이면서 상대의 공격을 피하고 조준하는 과정이 필요 없다는 것은 강점이라고 할 수 있다. 사리 역시 그 회피 능력 덕분에 카운터 공격이 전체의 기본 축이 된다. 릴리가 말한 대로 스킬과 행동이 두 사람의 기초 능력에 영향을 강하게 받았다고 할 수 있다.

"다음엔 우리의 싸움을 보여줄까. 그렇군……. 너희가 보여준 것과 동등한 수준의 정보량을 말이지."

"전부 보고 싶으면 패를 다 까라는 거군요."

"뭐, 그런 셈이지. 나는 언제든지 환영하마."

릴리는 여기 오기 전에도 말했듯이 보여줘도 문제가 없다고 생각했다. 모든 스킬이 알려져도 이길 수 있다는 말이 거짓말이 아니라고 친다면, 두 사람의 강점은 애초에 대책을 세울 수 없는 종류여서 메이플과 사리가 스킬을 많이 보여줄수록 불리해질지도 모른다.

사리는 생각한 다음 이럴 때는 보여준 만큼 보고 싶다고 결론을 내렸다. 사리 역시 릴리만큼 통찰력이 뛰어나다. 스킬을 숨기면 분위기로 알 수 있다.

약점이 명확한 메이플과 자신을 생각해 보면, 확실하게 어떤 스킬인지 몰라도 이런 스킬이 있을 것이라는 예상만은 하고 싶었다.

"아무튼 약속한 대로 다음엔 우리가 앞으로 나서지. 잘 지켜보라고."

"네!"

"후후. 아니, 아무것도 아니다."

속내가 없이 순수하게 어떻게 싸울지 흥미가 있어 보이는 메이플에게 조금 긴장이 풀린 듯한 릴리가 윌버트를 데리고 조금 앞에서 걸으며 나지막하게 말한다.

"폭발력도 있군. 좋은 콤비야."

"그러네요. 게다가 메이플 씨의 【헌신의 자애】는 강력합니다. 과거의 영상을 봐서는 파티 모두를 지킬 수 있을 것 같고,

범위도 넓죠."

"그래. 길드를 총동원했을 때가 최대 출력이겠지. 그때는 내가 상대한다고 치고…… 사리 쪽은 조금 마음에 걸리는 게 있군."

"회피 능력 말인가요?"

"그래. 예를 들어서, 지금의 윌이 내게 활을 쏘면 어떻게 되지?"

질문의 의도를 모르겠다는 느낌이 있지만, 윌버트는 막혀서 무효가 된다고 대답했다. 아군에 대한 직접 공격은 피격과 동시에 무효가 된다. 그러므로 윌버트처럼 원거리에서 공격할 때는 자리를 잘 잡는 것도 중요해진다.

"그렇지. 아까 보고 생각한 건데, 메이플의 사격 정확도는 뛰어나다고 볼 수 없다. 더군다나 몬스터 앞에는 공격을 막는 사리가 있지. 그런데도 왜 순조롭게 대미지가 뜨는 걸까?"

"몬스터에 맞는 총탄의 궤도를………… 아니, 그게 가능할까요?"

"글쎄? 나는 뒤통수에 눈이 달려도 못 하겠지. 아무튼 저건 뒤에서 날아오는 아군의 공격을 피하고 있다. 그것도 저 무식한 탄막을 말이지. 물론 상황에 따라 다르겠지만…… 무슨 말인지 알겠지?"

릴리가 그렇게 말하자 윌버트는 작게 고개를 끄덕였다.

"네. 그 스킬은 안 쓰죠."

"응. 게다가 메이플이 있으니까 쉽지 않아. 가까이 있으면 이렇게 자세히 보이는군……. 뭐, 조준 사격과 연사는 우리의 전문 분야다. 맞혀 봐야지."

"네……. 그렇죠."

소개해 준 벨벳에게 감사의 뜻을 전하며, 릴리는 전투는 뒷전으로 하고 메이플과 사리를 쓰러뜨릴 방법을 생각하기 시작했다.

장미 몬스터를 해치운 메이플과 사리는 약속대로 다음에는 뒤에서 걸으면서 릴리와 윌버트의 전투를 구경하게 되었다. 물론 잡몹인 나무 인형은 윌버트가 활로 화살을 한 번 쏠 때마다 산산조각 났다.

"이렇게 전투 같지 않은 느낌은 마이와 유이 말고는 없을 줄 알았는데……."

"정말로 전부 한 방이야! 빗나가는 걸 본 적이 없어……."

"이동 속도가 메이플보다 빠르고, 애초에 활은 DEX가 높지 않으면 못 배우는 스킬도 많으니까 공격력에 전부 투자한 건 아닐 거야."

멀리서 봤을 때와 다르게 알아낸 점은 릴리 쪽에서도 뭔가 스킬을 발동한 낌새가 없다는 사실이다. 앞에서 나타나는 새로운 몬스터는 스킬을 쓰지 않는 윌버트가 활을 쏴서 격파하는 바람에 새로운 정보가 하나도 없다.

"음. 그렇다면 패시브 스킬일까……."

릴리는 자신의 메이드 옷을 레어 장비라고 명언했다. 물론 사실 여부는 알 수 없지만, 적어도 창을 쓰는 직업에 일반적인 방어구를 쓰는 것보다도 저 장비를 우선하는 이유가 있는 셈이다.

"뭐, 아까 본 장미처럼 조금 강한 몬스터를 기대하자."

잡몹은 밀 그대로 잔챙이라서 【래피드 파이어】의 두 사람이 얼마나 강한지 그 비밀을 캐려면 전투가 성립할 만한 상대가 필수다. 그렇게 릴리가 대걸레를 빙빙 돌리고 노는 사이에 윌버트가 몬스터를 전부 해치우고, 다시 넓은 방이 나타났다.

"윌, 여기는 뭐였지?"

"버섯이네요. 조금 성가십니다."

"그렇다면 나도 조금 거들어 주마. 약속대로 말이지. 게다가 심심해진 참이다."

"네. 감사합니다."

그렇게 대화하는 와중에 바닥에서 포자가 터지고 중앙에 커다란 버섯이 자란다. 뒤이어서 주위에도 버섯이 몇 개 생기더니 의지를 지닌 것처럼 두 사람에게 달려든다.

"【왕좌지재(王佐之才)】, 【전략 지도】, 【이치를 벗어난 힘】. 음…… 아, 【현왕의 지휘】! 좋아. 이걸로 될 것이다."

"【힘껏 당기기】, 【혼신의 일격】."

월버트의 활이 빨갛게 빛나는 가운데, 한계까지 당긴 시위에서 눈에 보이지 않을 정도로 빠르게 날아간 활이 직선상에 있던 버섯을 전부 관통하고 그 연장선에 있는 보스급 거대 버섯의 중심에 바람구멍을 뚫는다. 그러나 격파하는 데는 미치지 못한 듯, 대량의 대미지 이펙트를 뿌리면서도 HP가 조금 남았다. 그 직후에 HP가 30퍼센트 정도까지 회복하고, 주변에 포자를 대량으로 뿌리더니 두 손으로 다 헤아릴 수 없을 정도로 많은 버섯이 자라난다.

"어라? 전에는 이걸로 해치운 기억이 있는데."

"30퍼센트 정도라면 어떻게든 됩니다."

"그렇다면 조금 더 거들까. 【이 몸을 바쳐】, 【어드바이스】."

버섯들이 흉흉한 색을 띤 포자를 뿌리면서 다가오는 가운데 릴리가 스킬을 발동하지만, 딱히 눈에 보이는 영향은 발생하지 않는다.

"네. 가겠습니다. 【범위 확대】, 【화살비】."

이어서 월버트가 하늘을 향해 화살을 날리자 말 그대로 주변 일대에 화살이 빗발친다. 【범위 확대】를 통해서 빈틈없이 쏟아지는 화살이 차례차례 버섯을 관통한다. 그것은 보스급 버섯도 마찬가지라서, 딱히 뭔가 하기도 전에 월버트에게 손쉽게 격파당했다.

"좋군. 후련하게 해치웠어."

"그렇다면 처음에 조금만 더…….”

"아하하…… 너무 그러지 말라고."

릴리는 웃음으로 얼버무리고 메이플과 사리를 돌아봐 소감을 물어봤다.

"굉장했어요! 활은 이렇게나 강하군요…….”

"윌은 특별하지."

"첫 번째 사격은…… 아마도 대상마다 첫 사격의 위력이 강해지는 패시브 스킬."

"헤에…….”

윌버트가 같은 대상에 두 번 쏘는 것은 이번에 처음 봤다. 사리가 모르는 스킬로 버프를 많이 걸었지만, 【화살비】는 알고 있었다. 기본적인 활 스킬로, 범위 공격인 탓에 위력은 별로 강하지 않다.

그러나 윌버트의 두 번째 공격을 보면 기존에 본 공격보다 위력이 훨씬 떨어진 것을 알 수 있었다. 버프 자체는 릴리가 추가로 걸었지만, 【화살비】의 원래 위력에서 예상해 보면 뭔가 큰 버프가 쏙 빠져나간 흔적이 있었다.

"거의 정답이야! 제법인데."

"거짓말……은 아닌 것 같네요."

"내가 말했지. 알아도 문제는 없다고."

"그런, 가요."

"그래. 아, 적중한 기념으로 보스는 우리가 싸우지."

"어? 그래도 되나요?"

보스와의 전투를 볼 수 있다면 또 새로운 스킬을 알아낼지도 모른다. 거절할 이유는 없었다.

"암, 그렇고말고. 그 대신에 가는 길을 부탁해도 될까? 여기부터 길이 갈라지는데, 루트를 잘 찾으면 지금 같은 방은 피할 수 있을 테니."

"네……. 그렇다면야."

사리는 그 제안을 신기하게 생각했지만, 결국에는 둘이서 제안을 받아들이기로 했다. 그렇게 다시 메이플과 사리가 둘이서 앞을 걷고, 조금 떨어진 곳에서는 윌버트가 릴리와 이야기하기 시작했다.

"괜찮습니까, 릴리."

"말했지? 심심하던 참이라고."

"아…… 알겠습니다."

"게다가 어지간한 몬스터로는 정보를 더 끌어낼 수 없겠지. 메이플도 섣불리 새로운 스킬을 쓰지 않을 테고. 사리라면 더더욱."

보스와 싸울 때까지는 딱히 할 일도 없을 것이라며, 릴리는 중간에 올바른 루트만 알려주고 자신은 대걸레를 돌리면서 놀았다.

그리하여 일행은 문제없이 보스 방 앞에 도착했다.

윌버트처럼 일격 필살은 안 되더라도 메이플과 사리도 안정적으로 잡몹을 처리할 수 있다. 이동하는 동안에도 메이플이 있으면 관통 공격이 없는 몬스터에게 기회가 없는 것은 평소와 똑같다.

"약속대로 보스는 나와 윌이 맡지."

"네! 힘내 주세요! 무슨 일이 생기면 언제든지……."

"하하. 걱정하지 마. 그보다도 자세히 보는 것을 추천하지."

"……?"

무슨 뜻인지는 잘 모르겠지만, 메이플은 일단 고개를 크게 끄덕이고 두 사람을 따라 보스 방에 들어갔다.

보스 방 안쪽에는 파릇파릇한 잎사귀가 달린 가지에 뒤덮인 사당이 있는데, 그 앞에는 아이만 한 체형에 나뭇잎으로 된 옷을 입고 끝에 꽃이 핀 나무 지팡이를 든 인형이 있었다. 오는 길에 본 인형과 식물들의 대장이며, 정령이나 나무 신령 같은 이미지로 만들어졌음을 알 수 있다.

"아! 예전에도 저런 몬스터와 싸운 적이 있어!"

"정글에 있었다고 했지……? 겉모습은 조금 달라 보이지만."

비슷하게 공격한다면 강제로 장비를 바꾸는 등의 변칙적인 수단이 주체일 것이다.

하지만 겉모습만 비슷하고 내용물은 다르다는 사실은 금방 증명된다. 보스는 처음에 간을 보겠다는 듯이 양옆에서 메이플이 해치웠던 장미를 소환하더니, 나아가 마법진을 바닥에 여럿 전개해서 나무 인형을 차례차례 불러냈다.

"응. 언제 봐도 좋은 상대 같군."

"자, 릴리. 시작합니다."

몬스터들이 다가오는 것을 보고, 그런데도 활을 내린 월버트가 릴리와 함께 스킬 이름을 입에 담는다.

""【퀵체인지】.""

그러자 순식간에 두 사람의 장비가 확 바뀐다. 월버트는 릴리와 교체한 것처럼 집사 복장을 입었고, 릴리는 메이드 옷 대신에 화려한 장식이 달린 갑옷을 입고 대걸레 대신 문장이 박힌 깃발을 들었다.

"【잡동사니 의자】."

릴리가 선언하자 등 뒤에 부서진 기계를 모아서 만든 등받이가 딸린 의자가 나타났다. 메이플의 【천왕의 옥좌】와도 비슷하게 생긴 것이 공중에 살짝 떠 있는데, 릴리는 그 의자에 앉아서 소환을 계속하는 보스를 응시했다.

"【생명 없는 군단】, 【장난감 군대】, 【모래의 무리】, 【현왕의 지휘】."

릴리의 목소리와 함께 보스 진영에 뒤지지 않을 정도로 대량의 기계 병사가 나타났다. 메이플와 사리는 그것이 어떤 지역에 유래한 것인지 금방 이해했다. 그렇다. 메이플의 병기보다는 뒤떨어져도 총과 포로 무장한, 질을 양으로 커버하는 느낌이었다.

그리고 그런 릴리에게, 윌버트가 익숙한 스킬로 지원한다.

"【왕좌지재】, 【전술 지도】, 【이치를 벗어난 힘】."

"와?!"

"역할 교대……. 그것도 수준이 높아."

어떻게 했는지는 둘째치고, 사리는 눈앞에 펼쳐진 상황을 정리했다. 윌버트는 활 대신에 투척용 나이프를 쓰고 있는데, 아까 같은 위력은 없다. 반대로 단숨에 위협적이 된 것이 릴리다. 릴리는 계속해서 기계 병사를 불러내 사격을 시키고 있다. 몇 종류의 소환 스킬을 병용하고 전부 버프를 걸은 듯, 엄청난 제압 능력을 보인다. 소환된 병사를 해치우는 것은 별로 어렵지 않은 듯하지만, 보충되는 속도가 빨라서 보스가 소환한 몬스터가 밀리기 시작했다.

압도적인 질을 자랑하는 윌버트와 압도적인 양을 자랑하는 릴리. 두 사람은 이를 뒤바꿔서 한 사람이 다른 사람을 철저하게 지원하는 전투 스타일을 취한 것이다.

"후…… 대책을 세울 것이 많네."

"응. 나도 힘낼게!"

"고마워."

"이래 보여도 길드 마스터니까!"

"후후. 그렇지."

눈앞에서 펼쳐지는 군단 대 군단의 싸움을 바라보면서, 두 사람은 또다시 새로운 강적이 등장했음을 실감했다.

9장 방어 특화와 정보 수집.

릴리, 윌버트와 던전을 공략하고 며칠 뒤. 메이플은 혼자 4층에 있는 영원한 밤의 마을을 걷고 있었다. 두 사람과는 프렌드 등록을 마쳤지만, 그 이후로는 또 만나지 않았다. 보스를 잡은 다음에는 그대로 현지에서 해산했기 때문에 대화 시간도 짧았다.

"다음 이벤트는……."

릴리와 윌버트는 결국 소환 스킬로 보스를 짓밟았다.

그리고 봤으면 대책을 세워야 한다며, 사리는 입수한 정보와 현시점에서 가능한 대책을 생각하고 있었다. 전부 아직 발표하지 않은 다음 이벤트를 대비한 것이다. 언젠가는 도움이 될 것이므로 사리는 일찍 대책을 강구하고 있는 것이다.

"다들 대단해……. 우응. 내가 둘이서 싸운다면 사리랑 하겠지?"

최근에 알게 된 벨벳과 릴리 모두 둘이서 함께 싸워 상승효과를 발휘해 더욱 강해졌다. 메이플과 사리도 혼자서는 뒤지지 않게 강하지만, 상승효과가 없으면 이기지 못할 수 있다.

"메달로 뭔가 좋은 스킬을 구할 수 없는지 봐야지!"

메이플은 원래 무조건 이기고 싶어 하는 성격이 아니다. 그러나 할 때는 최선을 다하고, 좋아서 지는 일도 없다.

하지만 다른 플레이어를 이길 대책에 시간을 전부 쓰는 일도 없이, 오늘은 4층에 새로 생겼다는 고양이 카페에 갈 작정이었다.

"괜찮으면 다음에 사리랑 같이 와야지!"

그리하여 메이플이 가게 문을 열자 안에 고양이 몇 마리와 놀고 있는 파란 옷에 파란 머리 소녀가 있었다.

""아…….""

메이플과 파란 머리 소녀, 다시 말해 변장한 미이는 눈이 마주치고 똑같이 그런 소리를 냈다.

메이플은 가게에 들어가 미이의 주위에 다른 플레이어가 없는 것을 확인하고 말을 걸었다.

"미이도 왔구나."

"응. 새로 생겼다고 해서. 타이밍이 겹칠 줄은 몰랐어."

우연히 만난 두 사람은 고양이와 놀면서 최근 있었던 일을 이야기했다.

"【래피드 파이어】와 【thunder storm】…… 우리 길드에서도 경계해야 한다고 들었어."

"그래서 있지. 그 길드의 최고 두 사람과 만났는데, 무지무지 강했어!"

"숫자로 밀려도 길드 마스터가 물리칠 정도로 강한 타입이니까 말이지. 다음 이벤트에선 상위로 치고 올라오지 않을까?"

한동안 PvP 위주로 순위를 정하는 이벤트가 없었으니까, 만약 개최된다면 전력을 다해서 힘을 드러내려고 하리라.

"응. 정말 강했으니까, 상위로 올라올 거야."

"메이플은 그런 것에 집착하지 않는구나."

"어? 우웅…… 즐거우면 되는걸."

"후후후. 정말이지. 그렇다면 제4회 이벤트 때 쳐들어오지 말지 그랬어."

"그, 그때는 다 같이 10등 안에 들어가려고 했으니까!"

메이플은 아까 말한 것과는 모순되는 내용에 고개를 갸우뚱하지만, 곧바로 왜 그렇게 대답했는지 이해했다. 주위 사람들이 즐거워하는 것이 좋아서, 그때의 자신은 상위를 목표로 하는 모두를 위해서 애쓴 것이다.

"다 같이 싸우는 것도 즐거우니까!"

"좋은걸. 이벤트는 이벤트답게 최선을 다한다 이건가. 뭐, 축제 같은 거니까 말이야."

그렇다고는 해도 미이는 【염제의 나라】 길드 마스터로서 메이플한테도 질 수 없다. 길드 멤버들도 설욕의 기회를 기다리고 있다고 한다.

"다음엔 그때처럼 안 될 거야! 우리가 해치워 주겠어."

"사, 살살 해……."

"그럴 순 없잖아."

"으. 그럼 나도 새로 구한 스킬로 반격할 거야!"

"어?! 또 뭘 찾았어?"

"사리랑 약속해서 보여줄 순 없지만…… 응! 이상한 걸 찾았어!"

"하하…… 살살 해."

"후후후. 그럴 순 없는걸."

"아하하…… 나도 질 수 없겠어."

"미이도 라이벌이니까. 릴리랑 벨벳도 생겼어."

"동맹이라면 불러도 돼. 메이플이랑 있으면 나도 이기기 쉬워지는걸?"

"응! 또 같이 싸울 수 있으면 좋겠어!"

두 사람은 고양이를 쓰다듬으며 계속해서 대화했다.

"아, 맞다. 벨벳도 미이처럼 연기했어."

"어? 그래? 싸우는 방식은 들었는데, 직접 만나서 이야기한 적은 없단 말이지."

"미이랑은 조금 다른 이유던데……."

"그, 그렇지……. 나 같은 사람은 없을 거야……."

갈 때까지 가서 돌이킬 수 없어진 미이와는 다르게, 벨벳은 연기임이 들켜도 문제가 없다.

"처음에 봤을 때는 얌전한 느낌이었는데…… 전력을 다해서 싸울 때는 분위기가 완전히 달라져서 깜짝 놀랐어."

메이플이 벨벳과 처음으로 같이 싸웠을 때와 연기하는 이유를 설명하자 미이가 고개를 끄덕였다.

"그랬구나. 하지만 알 것 같아. 왜, 장비에 영향을 받는 일도 있으니까. 나도 처음에 구한 장비와 스킬이 그게 아니었으면 달라졌을지도 몰라. 마음에 들기는 하지만 말이야……."

【염제】스킬과 잘 어울리는 장비가 미이의 장래를 정했다고 할 수 있다. 화면 속 캐릭터를 움직이는 것이 아니라 자신이 직접 싸운다면 장비나 스킬의 영향을 크게 받을 것이다.

"메이플도, 연기는 아니어도 이 장비가 더 좋겠다고 생각한 적 없어?"

"그러고 보니 있는 것 같아!"

메이플도 스킬에 맞춰 장비를 만들거나, 장소의 분위기에 맞게 옷을 입은 적이 몇 번 있었다. 어쩌면 연기는 그 연장선에 있을지도 모른다.

"가상 공간이니까 그런 것도 가능해. 지나치면…… 후회하지만…… 으으."

미이의 경우에는 진실을 밝힐 날이 찾아오지 않으리라. 그렇기에 벨벳이 조금 부러운 눈치다.

"다음에 벨벳도 만나 볼래? 소개할게!"

"응. 그리고 싶어. 메이플 얘기만 들으면 활기차고 즐거운 사람 같으니까."

"그럼 나중에 물어볼게!"

메이플이 최근 일을 말하면 다음에는 미이가 이야기한다. 그런 식으로 이야깃거리는 끝을 보이지 않았다.

한편으로 그 무렵 길드 홈에서는 사리가 최근에 접촉한 두 길드를 생각하고 있었다.

"끙⋯⋯."

어떻게 하면 이길 수 있을지 손에 넣은 정보를 바탕으로 생각해 보지만, 나온 결론은 하나같이 '불리하다'였다.

"적어도 나 혼자선 힘들어⋯⋯. 메이플이 곁에 있다면⋯⋯."

그래도 아직 불확정 요소가 많아서 유리한 상황이 뒤집힐 가능성이 얼마든지 있다. 벨벳은 비장의 패가 있다고 자기 입으로 선언했고, 릴리와 윌버트도 아직 저력을 가늠할 수 없다. 어쩌면 좋을지 사리가 생각하고 있을 때, 길드 홈의 문이 열리고 낯익은 사람이 들어왔다.

"어디 보자. 아, 사리. 있구나."

"이젠 자기네 길드처럼 들어오네. 오늘은 무슨 일이야, 프레데리카?"

"나는 평소와 똑같은 일로 왔는데. 무슨 일 있어?"

오늘도 역시 결투라고 지팡이를 빙글빙글 돌리는 프레데리카를 보고, 사리는 한 가지 생각을 떠올렸다.

"음, 그렇지. 프레데리카는 명색이 정보 담당 맞지?"

"명색만 그런 건 아닌데?"

"아니지…… 가짜 정보를 줄 가능성이 있어."

"그, 그건 사리 한정이었어."

"아무렴 어때. 【래피드 파이어】랑 【thunder storm】이라고 알아? 조금 사정이 있어서 협력하고 싶은데."

"음…… 결투에서 이기면 가르쳐 줄게."

"연패 중인 사람이 할 소리는 아닌 것 같은데……. 좋아. 하자."

"네네~ 오늘은 꼭 이길 거야."

그렇게 말하고 두 사람은 결투장으로 이동했다.

그리고 몇 분 뒤.

뚱한 표정을 지은 프레데리카가 앞장서는 형태로 두 사람이 원래 자리로 돌아왔다. 프레데리카는 그대로 소파에 엎드리고는 다리를 파닥파닥 움직인다.

"오늘은 정신이 딴 데 간 느낌이어서 잘될 줄 알았는데."

"아무리 그래도 전투 때는 정신을 바짝 차려."

"으으, 전투 머신."

"그래. 그럼 약속대로."

"좋아. 이걸로 값은 걸로 쳐."

그렇게 말하고, 프레데리카는 메모를 확인하면서 사리에게 자신이 아는 정보를 알려줬다.

"알려주긴 해도, 확실하지 않은 것도 있어. 일단【thunder storm】부터. 히나타의 디버프, 라고 해도 거의 이동 방해와 공격 방해인데, 이건 횟수 제한이 있으니까 연전으로 갈 수 있으면 유리할 거야."

애초에 연전으로 몰아가려면 디버프를 해제하거나 회피해서 소진시킬 필요가 있으니까 말처럼 쉽지는 않다. 어디까지나 할 수 있다면 좋다는 뜻이다.

"단언하는구나."

"뭐, 당연하지. 반대로 벨벳은 계속해서 번개를 떨어뜨리고, 위력도 점점 강해지니까 장기전에 강해. 평소에는 5층에 있는데 얼마 전까지는 6층에 틀어박혀 지냈다고 하니까 뭔가 있었을지도 몰라. 벨벳은 뇌우가 있으니까 사리는 조심하는 게 좋을걸?"

"괜찮아. 그건 피했어."

"비를 피하는 건 너무하지 않아?"

"내 회피도 발전하고 있거든."

"그건 내가 가장 실감하지만…… 됐어. 다음."

프레데리카는 메모 페이지를 넘기고【래피드 파이어】에 관해 설명하기 시작한다.

"사리도 봤을 건 생략하고, 윌버트는 백발백중의 화살을 쏜다고 해. 확증은 없지만 빗나가지 않아. 릴리는 메이드 차림일 때보다 왕 차림일 때가 더 성가셔. 한 번에 불러내는 숫자에는 제한이 있는 것 같은데, 어디까지나 상한선만 있는 것 같아."

부서져도 그때마다 보충된다면 릴리의 소환은 사실상 무제한인 셈이다. 다만 사리는 그 물량보다 윌버트가 더 신경이 쓰였다.

"필중(必中)…… 뭐, 어딘가에는 있을 법한 스킬이지만."

사리는 어떻게 할 수 없는 스킬. 오히려 지금껏 마주치지 않았을 정도로 희소하다는 사실이 행운이리라.

"맞아. 내가 찾아내기 전에는 맞지 마. 사리는 내가 눕히기로 정했으니까."

"아, 그건 선약이 있으니까 무리인데. 하지만 고마워. 멀쩡하게 정보 담당을 하고 있구나."

"그때는 실수한 거야…… 정말로."

과거에 사리에게 가짜 정보를 주었을 때를 떠올리고 부끄러워하면서도 너무 놀리면 가짜 정보를 섞겠다며 당당하게 말한다.

"간파하면 돼."

"으엑. 정말로 그럴 것 같아서 싫은걸. 그리고 마지막으로 하나. 이 사람들의 테이밍 몬스터는 아직 아무도 보지 못했대."

"알았어. 고마워. 멀쩡하게 정보를 수집한 게 조금은 의외였지만."

"⋯⋯⋯6층에 던져 줄까?"

"미, 미안하대도."

서로 농담을 주고받으면서, 그 뒤로 프레데리카의 의욕이 회복될 때마다 몇 번인가 결투했지만, 결과는 평소와 똑같았다.

그리고 메이플과 사리가 릴리를 만나도 얼마 후, 드디어 제9회 이벤트 내용과 시기가 발표되었다.

————————————————————————

125 이름 : 무명의 창 유저
완전 협력형 이벤트인가.

126 이름 : 무명의 활 유저
시기는 조금 더 지나야 하는군.
지난번과 다르게 PvP 요소는 하나도 없나 봐.

127 이름 : 무명의 대검 유저
그렇다면 몬스터가 꽤 강하겠는걸.
플레이어는 힘을 합칠 수 있으니까.

128 이름 : 무명의 방패 유저
PvP가 없으면 일단 마음 편하게 할까.

긴장감이 넘치는 것도 싫지는 않지만.

129 이름 : 무명의 활 유저
그래도 자세한 내용은 아직 거의 나오지 않았어.
아는 건 탐색 중심이라는 것과 8층에 영향이 있다는 것 정도야.

130 이름 : 무명의 창 유저
4층 때처럼 통행증 같은 것으로 예상.

131 이름 : 무명의 대검 유저
그럴싸한데.
협력형이니까 성과에 따라 모두에게 배포할지도.

132 이름 : 무명의 방패 유저
아무튼 시간 가속이 아니라고 하니까 전력이 부족하면
이벤트 기간에 잘 강화해야지.

133 이름 : 무명의 마법 유저
전력 강화…… 미안, 나는 더 강해질지도 몰라.

134 이름 : 무명의 창 유저
무슨 일이야.

135 이름 : 무명의 마법 유저
테이밍 몬스터인지 레어 이벤트인지는 모르겠지만
사람들이 없는 골짜기에 새하얀 몬스터가 있었거든.
갑각은 아닌 것 같은데, 뭐라고 할까 갑옷을 입은 것처럼 생겨서
딱 봐도 위험한 오라를 내는 녀석이야.

136 이름 : 무명의 대검 유저
오, 진짜? 처음 듣는데.

137 이름 : 무명의 방패 유저
좋은걸. 성스러운 짐승이나 수호수 같은 건가.

138 이름 : 무명의 활 유저
이러면 추월당하겠는걸.

139 이름 : 무명의 마법 유저
그때는 준비하지 못해서 나를 보자마자 도망쳤는데
한동안 거기 다닐 작정이야.

140 이름 : 무명의 창 유저
힘내.

141 이름 : 무명의 대검 유저
전력 강화 또는 기다려라 메이플이군!

142이름 : 무명의 마법 유저
그래! 따라잡으면 기쁠 테니까 잘 찾아볼게.

————————————————————————————————

10장 방어 특화와 하늘 위.

그 무렵. 게시판에서 화제로 나온 골짜기에서는 한 마리 하얀 짐승이 몬스터를 질질 끌고 다니고 있었다. 아무래도 공격력이 없는 듯, 한 마리를 물고서 다른 한 마리를 앞발로 잡고 발톱과 이빨로 마구 공격하는데도 대미지가 뜨지 않는다.

그러나 그렇게 하면 몬스터도 당연히 반격에 나선다. 입에 물린 고블린은 어떻게든 창으로 머리를 찌른다. 그것은 갑옷처럼 단단한 외피에 상처를 내서 아주 조금 대미지를 주지만, 찌를 때마다 바닥에서 빛의 검이 나타나 대미지를 줄였다. 그런데도 저항하려고 조금씩 대미지를 주자 입에 물린 고블린의 몸에서 대미지 이펙트가 뜨기 시작한다. 빛나는 검이 늘어나면서 강화된 스테이터스가 별다른 방어구가 없는 고블린의 몸에 상처를 내기 시작한 것이다.

서서히 죽음이 다가오는 가운데, 저항할 때마다 강화되는 짐승 앞에서 단순한 공격 수단만 있는 고블린은 속수무책으로 당할 수밖에 없었다. 팡 소리를 내고 부서지자, 짐승이 만족스럽게 고개를 끄덕인다.

"좋아! 더 시험해 보자!"

그렇게 말하고, 하얀 짐승의 내용물인 메이플은 신나게 다음 몬스터를 찾아봤다.

메이플은 【반전 재탄】으로 입수한 새로운 몸, 【천상의 수호수】를 잘 다루기 위해서 깊은 산골짜기를 돌아다니고 있었다. 단단한 외피가 지키는 하얀 몸은 【포학】에서 반전해 성스러운 인상을 준다. 달라진 것은 팔다리가 두 개씩 있다는 점과 불을 뿜을 수 없다는 점, 변신하면서 STR이 늘어나지 않는다는 점이다.

메이플의 원래 스테이터스와 맞물려 처음에는 대미지를 하나도 주지 못했지만, 그만큼 강력한 서포트 능력이 있다. 아군이 봤을 때면 있기만 해도 고마운 장식이 되었다.

"대미지를 받을 때마다 피해가 줄어드는 필드를 생성…… 필드에 있는 아군의 스테이터스 상승. 흠흠. 그렇구나."

대미지를 받을 때마다 발동한다는 설명을 보고서 관통 공격을 쓰는 창 고블린을 건드려서 효과를 시험해 본 것이다.

【포학】과 똑같이 생성되는 외부 HP에 대미지를 받을 때, 메이플의 주위에 빛으로 된 검이 꽂히면서 대미지가 감소한다. 스테이터스도 늘어나지만 메이플은 기본 스테이터스가 낮아서 대미지를 주려면 시간이 걸린다.

"5분밖에 안 되니까 아쉬워. 언젠가 정말로 내 것이 되면 좋을 텐데!"

대응하는 스킬 자체는 아직 어딘가에 숨겨져 있을 가능성이 크다. 적어도 검은 괴물이 뛰어다닌다는 이야기는 들어도 비슷한 하얀 괴물 이야기는 접하지 못했다. 만약 구할 수 있다면 바로 찾아서 사용할 수 있게 하고 싶을 정도다.

그렇게 메이플은 한동안 겉모습에 비해 허약한 몸으로 이동하는 것을 연습했지만, 5분이란 참 짧은 시간이다. 금방 원래 모습으로 돌아가 버렸다.

"벌써 끝났어. 으음, 【포학】은 진짜 편리한 거구나."

그런 메이플에게 운영 메시지가 도착한다. 내용은 물론 제9회 이벤트 공지다.

"이번엔 다 같이 협력하는 거구나……. 이벤트 전용 필드는 따로 있지만, 시간 가속이 아니라면 정글 때와 비슷한 느낌일까?"

이벤트 필드에 입장하는 조건이 있을지도 모르지만, 더 자세한 정보는 후속 공지를 기다릴 수밖에 없다.

"하지만 다행이야. 협력은 내 특기니까!"

메이플은 새로운 몸을 다루는 연습을 마치고 잠시 마을로 돌아가기로 했다.

마을로 돌아온 메이플은 사리와 합류하고 곧장 제9회 이벤트 이야기를 꺼냈다.

"아직 시간은 더 있어야 하는 것 같지만, 이벤트 예정이 있다고 해."

"응. 이번엔 다 같이 협력한대!"

"덕분에 살았어. PvP 이벤트라면 대책이 아직 확립되지 않았으니까."

게다가 8층도 업데이트 예정이라면, 슬슬 느긋하게 지내는 시간도 끝나는 것이리라.

"또 할 일이 많아지겠네."

"마지막 기념으로 어디 가 볼래?"

"으음. 그러려고 7층에서 별과 관계가 있는 관광 명소를 찾아봤는데…… 생각한 것과 달랐어."

그럴싸한 정보에서 입수한 것은 기묘한 스킬이어서, 메이플이 찾던 것과는 다른 셈이다.

"그런 당신에게 좋은 소식이 있습니다!"

"어머나! 그게 뭐죠!"

"7층의 힌트를 찾았어."

"진짜?! 으으. 이번엔 내가 먼저 찾아내려고 했는데…… 실패했구나."

"하지만 7층은 단순한 관광이 아니라는 것 같아."

"부유성 같은 곳이야?"

"맞아. 단순히 경치도 좋은 곳이라는 뜻이야. 그래서 꽤 강한 몬스터가 나온대."

사리는 적어도 벨벳이나 릴리와 간 곳보다 난이도가 더 높다고 메이플에게 전했다.

"고생할 것 같아……. 하지만 마지막 기념으로 좋은 곳이기도 해!"

"맞아. 이번엔 낮이든 밤이든 상관없으니까 언제든지 갈 수 있어."

"그럼 곧장 가자!"

"좋아. 그러자. 그리고 메이플이라면 그럴 줄 알고 준비한 게 있으니까, 잠시 길드 홈에 들르자."

"……? 응. 알았어!"

메이플은 사리를 따라서 길드 홈으로 갔다.

그 무렵, 길드 홈에서는 이즈가 온갖 제작 도구를 총동원해서 뭔가를 만들고 있었다.

이벤트 발표가 있어서 그런지 길드 멤버가 모두 길드 홈에 모여서 최근 있었던 일을 이야기하고 있었다.

"또 다음 이벤트군. 테이밍 몬스터도 꽤 강해졌으니까 준비는 완벽해."

"나도 레벨은 올렸는데, 이벤트의 자세한 내용은 아직 모르겠어. 나오는 몬스터는 강할 것 같지만……."

크롬과 카스미는 【단풍나무】에서 레벨이 높다. 다만 레벨이 높으면 유리할 수 있어도 반드시 승리한다고 말할 수 없어서 복잡하다.

"협력형이라도 다 똑같진 않을 거고, 우리 모두가 참가할 수 있다면 어지간해선 패배할 일이 없겠지만⋯⋯."

카나데가 그렇게 말하면서 앞에 있는 보드 위에서 말을 움직였다.

"앗!"

"어⋯⋯."

"이번에도 내가 이겼네."

""으으⋯⋯.""

대전 상대였던 마이와 유이가 어깨를 축 늘어뜨리지만, 곧바로 다시 도전을 청해서 카나데가 받아들인다.

"그러고 보니 메이플과 사리는 오늘 안 왔어?"

"두 사람은 곧 올 거야. 사리가 부탁해서 잠시 작업했거든."

그 작업을 마친 이즈가 안쪽에서 나와 크롬에게 말했다.

"사리가 말이야? 웬일로⋯⋯ 어차. 말하기가 무섭게 나타났군."

이야기 중에 때마침 길드 홈의 문이 열리고, 메이플과 사리가 나란히 들어왔다.

"사리. 부탁한 걸 완성했어."

"고맙습니다."

이어서 이즈가 인벤토리를 조작해서 사리에게 아이템을 건넸다.

"너희는 오늘 어디 가게?"

"사리랑 둘이서, 이벤트 전 마지막 관광!"

"좋겠네. 잘 다녀와. 아, 기념품을 챙겨 주면 좋겠어."

"응. 맡겨 줘!"

"겸사겸사 재미있는 스킬을 찾아내도 돼."

"아하하…… 그건 이미 찾아낸 것 같은데……."

메이플의 스킬을 아는 사리가 눈빛을 살짝 흐렸다. 또한 우연히 그 사실을 알게 된 크롬도 그러고 보니 하나 알고 있었다며 똑같이 눈빛을 흐린다.

"아하, 그러고 보니 그 타천……."

"그것 말고도 더 있다고 하니까, 이벤트 정보가 자세히 나오면 같이 작전을 짜요."

"그래. 그러지."

"그럼 다녀올게요!"

길드 멤버들에게 손을 흔들고 밖으로 나가는 메이플과 사리를 배웅하고 카나데와 마이, 유이는 다시 게임 대전을 시작하지만, 이즈와 카스미, 크롬은 방금 들은 말에 반응했다.

"타천? 그게 뭐지?"

"메이플은 요새 필드를 돌아다니니까 나도 직접 목격한 건 아니지만……【헌신의 자애】를 새까맣게 만든 것을 본 사람이 있다더라고……."

"그건…… 본 사람이 놀랐겠는걸."

"그래. 어떤 건지는 모르겠지만, 약하진 않겠지."

"약하더라도 사람들이 경계하겠지. 군자는 위험한 곳에 가까이 가지 않는 법이니까."

어디서 뭘 찾았는지는 잘 모르겠지만, 길드 마스터가 강해졌다면 환영할 일이다.

"아, 맞다. 카스미. 물어보고 싶은 게 있는데."

"나한테?"

"그래. 하쿠를 동료로 삼을 때 골짜기를 탐색했다고 했지? 그때 뭔가, 갑옷을 입은 하얀 몬스터를 못 봤어?"

"아니…… 그런 몬스터는 못 봤는데. 레어 몬스터인가?"

"카스미도 못 봤다면 그렇겠지. 그렇다면 테이밍 몬스터나 레어 이벤트일까?"

"흠. 그런 것이 있다면 보고 싶군."

그 정체는 테이밍 몬스터나 레어 이벤트가 아니라 그냥 메이플이라는 사실을, 두 사람은 나중에야 알게 된다.

평소처럼 메이플은 사리의 말을 타고 목적지로 이동했다.

"사리, 이번엔 어딜 갈 거야?"

"음, 설산."

"탑에 갔을 때 이후로 처음이네."

탑을 공략하는 이벤트에서는 눈보라가 몰아치는 가운데 설산을 타고 내려가 보스와 싸웠다. 메이플의 경우는 하산이 아니라 방어력만 믿은 다이빙에 불과했지만.

벨벳과 동행한, 정상이 콜로세움인 산이나 미이와 같던 화산 등, 7층은 넓어서 산이 많다.

사리가 가려는 설산은 그중에서도 한층 높고, 정상은 눈발에 가려서 잘 보이지 않는다.

"내가 찾은 건 힌트니까 정말로 맞는지는 가 봐야 알고, 정상적인 루트로 가면 시간이 너무 오래 걸리니까."

"응응."

"그러니까 이번엔 시럽의 도움을 받자."

"오케이! 오랜만이네."

"7층부터 사람들이 하늘을 날 수 있게 되어서 당연히 날아서 올라가려는 사람도 있었는데, 강력한 몬스터가 그냥 공격하기만 한대."

그냥 공격하기만 한다는 것도 좀 이상한 표현이지만, 메이플과 사리라면 단순한 몬스터 정도는 격퇴할 수 있다.

"그러니까 몬스터를 잡으면서 중턱까지 날아가자."

"꼭대기에는 안 가는 거구나."

"그건 불가능한 것 같아. 어느 정도 강하고 하늘을 날 수 있는 플레이어를 위한 지름길 같은 거라니까."

그렇게 말을 타고 달리다 보니 멀리서 보이던 설산이 가까워져서 두 사람은 새삼스럽게 그 높이를 실감했다. 산세가 험하고 보이는 부분은 거의 수직에 가깝지만, 사리의 말로는 군데군데 안으로 들어갈 수 있는 곳이 있다고 했다.

"사리가 중간까지 가자고 한 이유를 알 것 같아……."

메이플이 산기슭에서 정상을 올려다보자 두꺼운 구름이 눈에 들어왔다. 위쪽에는 검은 구름이 깔려서 딱 봐도 날씨가 안 좋아 보였다.

"바람에 날려서 떨어지는 정도라면 메이플은 무사할 테니까 몸을 고정하면 되지만. 왜 있잖아. 용암을 밟았을 때 같다고 말하면 알겠어?"

용암.

그것은 이벤트 탑에서 피해 없는 공략을 목표로 삼은 메이플을 처음으로 다치게 한, 최강의 적이라고 할 수 있는 지형이다.

"그러면 안 되겠네……. 응응."

"그러니까 중턱까지 가고, 날씨가 나빠지는 근처에서 산을 빙 돌면 들어가는 곳을 찾을 수 있을 거야."

"오케이! 그럼 렛츠고!"

메이플은 사리를 시럽의 등에 태우고 천천히 부상했다.

【사이코 키네시스】로 시럽을 띄우자 추위는 느껴지지 않아도 눈이 조금씩 날리기 시작했다.

같은 타이밍에 사리가 말했던 몬스터가 다가온다. 온몸이 얼음으로 된 새인데, 좌우에서 세 마리씩 우렁찬 소리를 내며 두 사람을 덮친다.

"더 강한 얼음 새를 알거든! 【전 무장 전개】, 【공격 개시】!"

메이플은 몸을 빙 돌려서 양쪽에서 날아드는 얼음 새를 쐈다. 정확하게 조준하지 않아도 차례차례 날아가는 총탄과 레이저를 피하지 못하고, 얼음을 쏠 겨를도 없이 새가 산산조각 난다.

"좋아!"

"아니야. 아직 안 끝났어!"

"으엑?!"

산산조각 난 얼음 새는 곧바로 공중에서 재생하고 총탄을 맞으면서 육박한다.

"이럴 때는 불 속성이 정석이야! 오보로, 【불의 동자】!"

사리가 불에 휩싸이는 것을 보고, 메이플은 결정타가 되지 못하는 병기를 잠시 수납한 다음 사리에게 대처를 맡기기로 했다.

"【헌신의 자애】, 【도발】!"

메이플은·사리가 공격하기 편하게 몬스터를 도발하고, 만약을 대비해 【헌신의 자애】도 발동했다.

【도발】을 쓴 상태로 공격하지 않고 가만히 있으면 당연히 얼음 새가 몰려든다. 새들은 메이플의 몸에 빈틈없이 달라붙어 공격하고는, 얼음 날개로 탁탁 때리거나 냉기와 얼음덩어리로 대미지를 주려고 했다.

"어, 저기. 엄청난 광경인데……."

"괜찮아!"

탁탁 때리는 소리와 함께 메이플의 생존 보고가 들려서, 사리는 한 마리씩 베기로 했다.

"오보로, 【불 옮기기】, 【유령불】."

그리고 오보로에게 다시 불을 쓰게 하고 얼음 새를 해치워 나간다. 이제는 사리도 메이플에게 달라붙은 몬스터를 떼어내는 데 익숙해졌다.

"이걸로, 마지막!"

"휴…… 고마워."

"하지만 또 날아오고 있어."

"으으. 사리, 힘내!"

"나한테 맡겨! 결국에는 메이플한테서 떼어내기만 하면 되니까."

새들이 메이플에게 마구 달라붙는 사이에도 시럽은 계속해서 부상한다.

목적지인 중턱에 가까워질수록 눈발이 거세지는 가운데, 몇 번이나 얼음 새를 처리한 두 사람은 한층 강한 바람을 느끼고 몸을 숙였다.

기분 탓이 아니다. 이전과 비교해서 노골적으로 기상 상황이 나빠진 것이다.

"여기가 한계일까……."

"그럼 빙 돌아보자."

메이플은 고도를 유지한 채로 시럽의 이동 방향을 옆으로 돌려 산자락에 아슬아슬하게 닿을 정도로 움직였다. 물론 그동안에도 몬스터가 메이플을 덮쳐서, 산에 부딪히지 않게 얼굴에 붙은 것만 우선해서 떼어놓고 놓치는 것이 없게 천천히 이동했다.

"찾았어! 오보로, 【불 옮기기】!"

내부로 들어가는 입구를 찾은 사리가 오보로의 힘을 빌려서 몬스터를 단숨에 해치우자 메이플이 벽에 더 가까이 다가간다.

"좋아. 꽉 잡아."

"응!"

"【도약】!"

사리는 메이플을 끌어안고 시럽 위에서 뛰어내려 산자락을 따라 튀어나온 발판에 착지했다. 그 양쪽으로는 산으로 통하는 오르막길과 내리막길이 있는데, 두 사람이 가는 곳은 당연히 오르막길이다.

"고마워, 시럽!"

"이제 출발하자."

시럽을 반지로 되돌리고 나서 두 사람이 내부에 진입하자 그곳은 바닥과 벽이 모두 파랗게 빛나는 얼음에 뒤덮인 곳이었다. 얼어붙었어도 미끄럽지는 않는 듯, 바닥을 걱정하지 않고 자유롭게 걸을 수 있다.

주위 환경이 명확하면 몬스터의 성질도 예상할 수 있어서, 메이플은 자신도 공격할 수 있게끔 불이 붙는 부적을 꺼내서 손에 쥐었다.

"얼음 지대도 조금은 익숙해졌어!"

"그러면 익숙해져도 어쩔 수 없는 부분은 아이템으로 커버하자. 잠시만 기다려 볼래?"

사리는 인벤토리를 조작하고 이즈에게 만들어 달라고 부탁한 아이템을 꺼냈다. 하나는 외투. 나머지 하나는 안에서 빨갛게 빛이 나는 구슬이다.

"이걸 입고 구슬을 쓰면 얼음 속성 공격의 위력을 줄일 수 있고, 【빙결 내성】도 생겨."

메이플은 그 말을 듣고 곧장 양쪽 다 사용해 봤다. 외투는 두꺼워서 딱 봐도 추운 곳에 갈 때 필요한 옷 같다.

"효과도 있고, 분위기도 나지?"

"응! 좋은 것 같아!"

"돌아가면 이즈 씨한테 고맙다고 하자."

구슬은 많아서 모자랄 일이 없다. 그 밖에도 부탁한 물건은 있지만, 현재로선 이 두 가지가 도움이 되는 아이템인 셈이다.

메이플과 사리가 안에서 이동하자 정면에서 하얗게 빛나며 냉기를 두른 얼음덩어리 세 개가 둥실둥실 날아왔다.

두 사람은 그것을 보고 딱 멈추고 무기를 들었다. 그리고 어떻게 될지 살피고 있을 때 얼음덩어리에 파랗게 빛나는 눈과 입이 생기고, 의지를 지닌 것처럼 다가왔다.

메이플의【헌신의 자애】범위에 있어서, 사리는 앞으로 슥 나가서 빠르게 움직이는 얼음덩어리를 확 벴다.【불의 동자】효과로 생긴 불이 단검에서 얼음덩어리로 흘러가 빨간 대미지 이펙트를 띄운다. 사리는 효과를 실감하면서 나머지 얼음도 격파하고자 다리에 힘을 줬다. 그러나 베고 나서 지나치려던 얼음덩어리가 안쪽에서 파랗게 빛나는 것을 보고 재빨리 메이플이 있는 곳으로【도약】했다.

그 직후, 얼음이 터지는 소리와 함께 얼음덩어리가 날카로운 파편을 사방에 뿌렸다. 아슬아슬하게 감지하고 회피한 덕분에 직격을 맞지 않고, 사리는 한숨을 크게 쉬고 일어섰다.

"폭발할 줄은 몰랐어. 위험했는걸."

"걱정하지 말고 싸워!【헌신의 자애】가 있으니까!"

"응. 고마워. 그리고 한 번 봤으니까 폭발은 이제 괜찮아."

사리가 후퇴했을 때 얼굴이 생긴 얼음덩어리가 입에서 빛나는 냉기를 뿜었다. 그것이 도망칠 구석이 없는 좁은 통로에 몰아치는데, 사리가 억지로 피하지 않고 메이플에게 맡기기로 한 까닭에 메이플이 이중으로 직격을 맞았다.

"어때?"

"아무 일도 안 생기는 것 같은데……?"

"응. 평소랑 똑같아서 다행이야!"

빠르게 확인한 다음, 사리는 다시 전진했다. 이 얼음덩어리는 함정에 가까워서, HP가 적은 대신에 어설프게 처리했다간 일반인에게 치명상을 입힌다.

"으라차!"

사리는 나머지 얼음덩어리 두 개 사이에 파고들고 몸을 매끄럽게 돌려서 두 손에 든 단검으로 얼음덩어리를 하나씩 벤다.

"이번에는, 【초가속】!"

아까는 【도약】으로 범위 밖으로 도망쳤지만, 이번에는 쓸 수 없어서 가속을 쓰고 뛰어서 폭발 범위에서 벗어났다.

미끄러지듯 메이플이 있는 곳으로 돌아온 사리의 뒤에서 나머지 얼음덩어리가 터져 하얀 냉기가 얼음 바닥을 훑고 지나간다.

"굉장해! 깔끔하고 멋져!"

"그래? 고마워. 혹시 모르니까 폭발은 피할게. 얼음 조각이 날카로우니까, 관통 공격이면 위험하거든."

사리는 대미지를 받지 않았지만, 그만큼 세심하게 움직일 필요가 있다. 따라서 편하게 잡을 수 있다면 더 좋을 거라며 메이플이 제안한다.

"그러면 다음에는 내가 멀리서 공격해 볼게. 부활해도 행동을 막을 수 있고, 그사이 불 마법으로 공격하면 어때?"

"좋은걸. 그렇게 하자. 하지만 너무 낭비하진 마."

"네~!"

아무튼 얼음덩어리가 상대라면 문제가 없다며 두 사람은 얼음길을 나아간다.

"아, 맞다. 메이플은 메달 스킬을 정했어?"

"응! 사리가 쓰는 게 괜찮아 보여서 비슷한 걸로 했어."

"뭐가 있었더라……?"

"그거, 【물 조종술】! 그래서 비슷한 【땅 조종술】!"

메이플은 그렇게 말하고 싱글벙글 웃으면서 두 손을 내밀어 V자 사인을 보였다.

"아아! 그러고 보니 속성마다 있었지. 그나저나 그 속성으로 했구나."

"응. 시럽하고도 상성이 좋을 것 같아서."

"좋은걸. 레벨이 오르면 재미있는 스킬이 생길지도 몰라."

"사리는?"

"다음 전투에서 보여줄게!"

"기대할게!"

조금 나아가자 두 사람 앞에 얼음으로 된 곰이 나타났다. 파랗고 투명한 몸에서는 아까 본 얼음덩어리와 똑같이 하얀 냉기가 피어오른다.

"오, 마침 좋은 게 나타났는걸. 메이플, 방패를 들어 봐…… 그래, 그렇게."

"괘, 괜찮아?"

"응. 갈게!"

뭘 어쩌려는 건지 불안과 기대가 반반인 메이플을 두고서, 사리는 얼음 곰을 향해 달려간다. 당연히 곰도 사리에게 반응해서 거리를 좁히기 시작했다.

달리는 모습을 보고 어떤 공격 스킬일지 생각하는 메이플 앞에서, 사리가 스킬을 발동한다.

"【바꿔치기】."

그 직후, 메이플의 시야가 한순간 일렁이는가 싶더니 눈앞에서 곰의 얼음 발톱이 나타났다.

"으엑?! 앗……!"

메이플은 잠시 정신이 멍해졌지만, 사리가 말한 대로 세웠던 방패가 메이플의 뜻과는 관계없이 【악식】을 발동하고, 부활이고 뭐고 할 틈도 없이 얼음 곰을 빛으로 바꿔 집어삼켰다. 메이플은 멍하니 한숨을 쉬고 뒤돌아봤다. 그곳에는 잘됐다는 표정을 지은 사리가 손을 슬쩍 흔들고 있었다.

"사리도 참!"

"아하하. 미안해."

"깜짝 놀랐잖아. 【신기루】를 봤을 때 생각이 났어."

"정말, 놀라게 해서 미안해. 아군과 자기 위치를 바꾸는 스킬이야. 잘 쓰면 공격과 방어 모두 활용할 수 있을 것 같아."

"사리라면 잘 쓸 것 같아."

"그러면 기사회생의 수가 되는 걸 기대해 줘."

"응! 아, 또 나타났어."

"우와…… 여긴 곰이 사는 곳이야……?"

메이플과 사리가 이야기하는 동안에 통로 안쪽에서 얼음 곰이 성큼성큼 나타났다. 두 사람의 목적은 곰과 즐겁게 노는 것이 아니므로, 지금은 후다닥 돌파하고 싶다.

"【악식】으로 후다닥 지나가자!"

"찬성. 그 대신에 보스 때는 내가 힘써 볼게. 불도 쓸 수 있으니까."

"그럼 돌진!"

더박더박 뛰어가는 메이플은 얼핏 보면 귀엽지만, 앞에 내세운 것은 닿는 것을 전부 소멸시키는 방패다.

그 결과, 메이플이 정면충돌할 때마다 팡팡 소리를 내며 얼음이 빛으로 변했다.

얼마 후, 얼음 동굴의 내부는 파란 얼음이 빛을 끊임없이 반사해서 무심코 눈을 감을 정도로 환하게 빛나는 상태였다.

"에잇!"

"【플레임 블릿】!"

지금 메이플이 외투 안에 입은 것은 녹색 드레스다. 물론 이 장비를 입은 이유는 【폴터가이스트】로 병기의 레이저 빔을 검처럼 쓰기 위해서다.

좁은 통로에서 굵은 레이저를 상하좌우로 마구 휘두르면 가끔 막 나타난 몬스터를 불사를 때가 있다. 명중해서 재생하려고 할 때는 사리가 화염탄을 날리기만 하면 된다.

"에잇! 야압!"

"음. 오랜만에 보면 이것도 참 사기야."

사리는 제2회 이벤트에서 가짜 메이플과 싸웠을 때를 떠올렸다. 가짜 메이플도 【히드라】를 재이용하는 정도였지 이토록 자유자재로 다루지는 않았는데, 【히드라】 말고도 다룰 줄 알고 궤도까지 수정할 수 있으니까 보스의 체면이 서지 않는다.

"영차! 어라?"

곰과 얼음덩어리, 중간부터 나오기 시작한 얼음 정령과 눈사람을 최대한 쓸어 버리고 얼어붙어 거울처럼 되었던 통로를 빛내던 빔이 마침내 낯익은 문에 닿았다.

메이플은 병기를 잠시 집어넣고 장비를 원래대로 돌렸다.

"보스?"

"응. 【폴터가이스트】 덕분에 예상했던 것보다 훨씬 편했어. 이걸 잡고 정상으로 나가는 게 목적이야. 만약 아무것도 없다면 미안해."

"그때는 보스 소재를 기념품으로 생각하자."

"응. 그럴까."

메이플과 사리는 둘이서 문을 열고 방으로 들어갔다.

안에는 지금껏 본 것보다 훨씬 두꺼운 얼음으로 덮인 바닥과 벽이 있고, 가장 안쪽에는 속이 비칠 듯한 하얀 피부에 파란 옷을 걸친 여자가 있었다. 표정은 없으니까 플레이어가 아닌 것은 확실하다. 분위기로는 오면서 본 얼음 조각상과 비슷한 느낌이다.

메이플과 사리가 방에 들어서고 얼마 후, 바닥을 냉기가 지나가고 폭발하는 얼음덩어리 십여 개가 일제히 나타났다.

"이기자!"

"응!"

그리하여 두 사람과 얼음 여왕으로 불러야 할 존재와의 전투가 시작되었다.

"【도발】!"

메이플은 전투 시작과 동시에 【도발】로 소환된 얼음덩어리를 유도하면서 사리와 함께 전진했다.

"오보로, 【불 옮기기】!"

오보로의 스킬이 밀집한 얼음덩어리 전체에 불을 퍼뜨리자 일제히 파랗게 빛나기 시작한다.

"【피어스 가드】!"

그것이 제아무리 강력한 폭발이고 【헌신의 자애】 효과로 사리와 오보로의 몫만큼 대량으로 명중하더라도 방어 관통만 아니면 아무렇지도 않다.

사방으로 흩날리는 얼음 속, 사리는 메이플이 폭발을 막은 덕분에 단숨에 보스에게 접근했다.

【피어스 가드】를 발동하는 동안에는 메이플의 방어력을 공격력으로 압도해야만 두 사람을 다치게 할 수 있다. 당연히 이토록 좋은 기회를 놓칠 두 사람이 아니다.

"【퀸터플 슬래시】!"

"【커버 무브】! 【포식자】!"

【헌신의 자애】를 돌파할 수 없다는 것을 알자마자 단숨에 공세로 나선다. 보스와 싸울 때 나중 일을 생각할 필요가 없으니까 그냥 강한 행동으로 밀어붙이면 된다.

사리의 연타는 전부 불꽃을 뿌리며 보스의 얼음 같은 몸을 태웠다. 이를 순간이동으로 따라잡은 메이플은 방패로 때리고, 나아가 소환한 괴물로 거듭 공격했다.

그러자 보스의 몸이 파랗고 투명한 얼음으로 바뀌더니 빠직빠직 부서져 바닥에 떨어지기 시작했다.

"어?"

"아니, 이 느낌은……."

사리가 뒤에서 바람을 느끼고 돌아보자 몰아치는 눈보라 속에서 보스가 다시 형태를 갖추는 것이 보였다. 그리고 그 눈보라는 우박을 동반해서 두 사람에게로 불어닥친다.

"【커버】!"

방패를 세우지 않고 【악식】을 아끼면서, 메이플은 사리의 앞에 나섰다. 【헌신의 자애】를 써도 【커버】로 충분하다면 그편이 최악의 사태를 피할 수 있다. 앞에 서면 사리와 오보로가 관통 공격에 계속해서 맞을 일은 없다.

"휴. 다행이야. 그냥 눈보라였나 봐."

"몸이 얼었는데?"

메이플의 몸은 군데군데 얼어서 파란 얼음으로 덮여 있었다.

"아무렇지 않은 것 같은데?"

"스테이터스 다운 효과일까?"

"앗! 사리, 정답이야!"

"그래도 너무 쌓이면 위험할지도 모르니까, 여차하면 방패를 들어!"

그렇게 말하고, 사리는 다시 앞으로 나섰다. 아까 사리의 콤보는 중간에 보스가 평범한 얼음으로 바뀌면서 치명상에 이르진 않았지만, 그래도 상당한 대미지를 주었다.

접근하는 사리에게, 보스는 바닥에 손을 대고 빛나는 냉기를 방출했다.

"【얼음 기둥】!"

사리는 얼음 기둥을 만들고 실을 날려서 상공으로 피난했다.

"히나타가 훨씬 더 성가셔……. 【플레임 블릿】, 【파이어 볼】!"

위력 자체는 강하지 않지만, 안전한 곳에서 약점을 노린 공격으로 보스의 HP를 알맞게 깎는다. 보스는 오는 길에서 본 몬스터를 소환하지만, 그것은 전부 【도발】을 쓴 메이플에게 유인

당했다. 원래 너무 많이 모이면 대처할 수 없지만, 메이플은 최악의 경우라도 대처하지 않으면 끝나니까 사정이 다르다.

"사리, 이쪽은 내가 맡을게!"

"고마워!"

집단의 강점은 메이플이 막게 하고, 사리는 싸움을 자신의 주특기인 일대일 상황으로 몰아간다.

"오보로, 【구속 결계】!"

몇 가지 있는 패턴 중에서 가장 좋은 것부터 순차적으로 시험해 본다.

오보로가 구속에 성공하자, 사리는 미끄러지듯 앞으로 이동했다.

"【격류】!"

대량의 물이 사리를 떠밀듯이 움직임을 가속한다. 상대의 공격을 피하기 쉬운 위치를 유지하면서, 기회가 생기면 곧장 단숨에 공세로 전환하는 것이다.

"오보로, 【유령불】! 【물대포】, 【트리플 슬래시】!"

【구속 결계】 효과가 끝나자마자 【물대포】로 밀어서 보스의 움직임을 막는다. 이 강점은 사리도 잘 안다.

"물러날까……. 【파이어 볼】."

마지막으로 물살에 밀린 보스에게 불꽃을 날린 뒤, 사리는 일단 거리를 벌리고 메이플 쪽을 봤다. 메이플은 섣불리 자극해서 관통 공격을 쓰면 안 된다는 생각에 얼음 조각상과 눈 조각상과 같은 얼음 몬스터를 방치하고 있는데, HP가 줄어들지 않은 것을 보면 문제가 없는 것 같다.

"메이플"

"아, 응! 【커버 무브】!"

메이플은 순간이동으로 몬스터 무리에서 빠져나와 사리가 있는 곳으로 왔다.

이것으로 두 사람이 보스 방의 중심에 서고, 양옆으로 보스와 대량의 잡몹이 있는 구도가 되었다.

두 사람이 먼저 보스를 경계할 때, 뒤에서 얼음이 깨지는 소리가 울려 퍼졌다. 그쪽을 슬쩍 보자 몬스터가 부서지고, 그와 동시에 보스가 두른 눈보라가 강해진 것을 알 수 있었다.

"올 거야."

"응! 【피어스 가드】!"

만약을 대비해서 메이플이 관통 무효 스킬을 발동했을 때, 빠직빠직 하고 얼음 위에 얼음이 깔리는 소리가 나면서 방 전체에 하얀 냉기가 불어닥친다.

그것이 걷히자마자 사리는 바닥에서 빛이 사라진 것을 눈치챘다. 메이플 쪽을 보자 【헌신의 자애】가 없어지고, 또한 사리에게 있었던 【검무】의 오라도 사라졌다.

사리는 최악의 상황을 떠올리고 스킬을 발동하려고 했지만, 입을 열기도 전에 바닥을 따라 얼음이 퍼져서 두 사람의 발을 고정했다.

보스는 남은 HP가 줄어들면서 행동 패턴이 변화한 듯, 얼음 검을 들고서 우박이 섞인 눈보라를 휘감고 달려들었다.

"풀릴 때까지…… 몇 초 남았지……?"

사리가 어떤 스킬을 쓰면 살아남을 수 있을지 빠르게 생각하고 있을 때, 갑자기 바닥의 느낌이 사라지고 시야가 컴컴해졌다.

"윽……! 죽었어……?"

사리는 이 게임을 시작한 뒤로 경험한 적 없는 감각에 그 가능성을 생각했다. 그러나 옆에서 익숙한 목소리가 들려서 그렇지 않음을 이해했다.

"아, 사리도 잘 왔구나! 다행이야……."

"메이플?! 어어…… 여긴, 어디야?"

"어? 땅속이야."

"응……?"

"말했잖아. 새로운 스킬을 배웠다고! 【대지의 요람】이라고 해서, 아주 잠시만 땅속에 들어갔다가 나올 수 있어."

"그, 그래? 아무튼 덕분에 살았어."

"후후후. 한번 봐봐."

"……?"

잘 모르겠다는 기색인 사리 앞에서, 메이플은 서둘러 뭔가 준비하기 시작했다.

메이플과 사리가 사라진 지상에서는 보스가 바로 위에 멈춰서 두 사람이 나오기만을 기다리고 있었다. 그러던 중에 메이플의 스킬 효과 시간이 끝났는지 지면이 들썩인다.

그와 동시에 지면을 밀어내듯이 메이플과 사리가 모습을 드러냈다.

대량의 부속물과 함께.

칠흑의 옥좌에 앉은 메이플은 화원과 괴물, 진창이 된 대지와 상대를 잠재우는 꽃을 피우면서 돌아온 것이다.

땅속에서 발동한 설치형 스킬은 지상으로 돌아올 때 땅속에 남을 수 없어서 위로 밀려난다.

마치 사냥감을 가만히 기다리는 포식자처럼. 보스는 갑자기 나타난 위험지대에 강제로 들어선 상태로 전투를 시작하게 되었다.

"【심해의 부름】."

성질이 반전하여 악 속성을 봉인할 수 없게 된 옥좌에서 하반신이 가라앉은 보스에게 다섯 개의 촉수가 늘어난다. 그것에 남은 【악식】은 사리가 깎다가 남긴 HP를 모조리 집어삼켰다.

전투가 끝나고, 촉수와 화원, 옥좌 등을 전부 치운 메이플은 잘됐다며 안도했다.

"다른 플레이어가 있을 때는 처음 써 봐서…… 사리를 봤을 때는 안심했어."

"나야말로, 덕분에 살았어. 좋은 스킬을 배웠구나. 더군다나 더 발전할 여지도 있어."

"레벨을 올리는 게 조금 힘들지만 말이야. 또 쓰려면 시간이 오래 걸리는데 이것밖에 쓸 수 없거든."

"그러면 쓸 수 있을 때마다 땅속에 들어가야겠네. 아무 데서나 그랬다간 보는 사람이 놀랄 것 같지만. 그래서 말인데. 보스도 잡았으니까."

"기다렸어! 어디야? 어디 가면 돼?"

"따라와. 안쪽에 정상으로 빠져나가는 길이 있을 거야."

보스 방을 구석구석 탐색하자 사리가 말한 것처럼 벽에 틈이 있었다. 그쪽으로 지나가면 위로 나갈 수 있는 듯하다. 두 사람은 자세를 바꾸면서 얼음 틈새를 빠져나가 정상으로 나갔다.

"이쪽은 평화롭네."

"오오!"

그곳은 폭풍 위의 세계. 부유성에서 본 것과 비슷한 구름 위 풍경이었다. 낮이라서 위로 끝없는 푸른 하늘이 펼쳐지는 이곳은 7층에서도 가장 높은 곳이었다.

메이플과 사리가 나란히 서는 게 한계인 정상에서 먼 곳을 내다본다.

"음, 밤에 오는 게 좋았을까. 부유성에서도 봤으니까…… 반성해야겠네."

"그래도 역시 예뻐!"

"후후. 메이플. 내가 그랬지? 밤이든 낮이든 똑같다고."

"……? 응. 그랬어."

"아니라면 미안해. 떨어뜨리진 않을게."

그렇게 말하고, 사리는 메이플을 안아 들었다.

"어? 어?"

"간다! 【도약】!"

사리는 불안정한 바닥을 박차고 하늘로 뛰어오르더니, 그대로 공중에 발판을 만들고 더 높은 곳으로 훌쩍훌쩍 올라간다.

"와…… 진짜로 왔어."

"뭐, 뭐가…… 어?"

사리가 발판을 몇 군데 박찼을 때, 두 사람의 몸은 중력에서 해방되어 공중에 떴다. 그리고 바로 위에는 푸른 하늘에 선명하게 드러난 붉은 마법진이 있었다.

"하하. 확증도 없이 시험해 보는 사람이 있다면 한번 구경하고 싶어지는걸."

"와아!"

"전이할게."

사리의 말을 마지막으로 두 사람의 모습이 사라지고, 잠시 후에는 붉은 마법진도 하늘에 녹아들듯이 사라졌다.

메이플은 감았던 눈을 천천히 떴다. 몸에선 여전히 붕 뜬 느낌이 들지만, 주위 경치는 또렷하게 보였다.

예전에 지하에서 사리와 본, 마치 밤하늘에 있는 듯한 경치였다. 그러나 이번에는 그것과 명확하게 다른 점이 있다.

메이플은 지금, 정말로 밤하늘에 떠 있었다.

진짜 하늘은 이렇지 않을 테지만, 그런 건 아무래도 좋았다. 눈앞에서 지나가는 빛은 지상에서 보는 밤하늘을 잘라서 그 안에 자신이 뛰어든 것처럼 가깝다.

몸이 둥실둥실 뜨는 감각 속에서, 함께 전이한 사리와 등을 맞댄다.

"정말 여기가 맞아서 조금 놀랐어."

"갑자기 하늘로 점프했으니까 말이야. 그런 건 우연히 눈치챌 수 없어."

"글쎄? 메이플이라면 병기를 폭발해서 날아가지 않았을까."

"아하하하……."

"부정하진 않는구나……."

사리는 어깨 너머로 메이플을 보고 눈앞을 지나가는 빛을 하나 잡아서 슥 던졌다.

"후후. 별똥별을 만들 수 있는걸."

"이거, 잡을 수 있구나!"

메이플은 사리를 따라서 빛을 잡고 던져 봤다.

"음, 작아진 우주에 있는 느낌?"

"아, 왠지 알기 쉬워!"

메이플과 사리는 둘이서 빛 알갱이를 던지며 놀면서 둥실둥실 떠올라, 알기 쉽게 크게 만들어진 달에 나란히 앉아 별을 구경했다.

"아, 맞다. 이즈 씨가 먹을 걸 만들어 줬었지."

"어? 진짜?"

"응. 지금 꺼낼게. 그런데……."

사리가 인벤토리에서 바구니를 꺼내자 둥실둥실 떠올라서 날아갈 뻔했다. 허둥지둥 붙잡으려다가 함께 날아가려고 하는 메이플을 사리가 잡고, 겨우 바구니에서 마실 것과 먹을 것을 꺼낼 수 있었다.

"건배!"

"응. 건배."

"응, 맛있어! 오늘은 왠지 처음 시작했을 때가 떠오르는 일이 많았던 것 같아."

"설산의 강적이나, 밤하늘 아래에서 먹는 밥이나, 그리고 내 스킬?"

사리가 그렇게 말하자 메이플은 눈을 동그랗게 떴다.

"에헤헤. 사리도 그랬어?"

"응…… 그리운 추억이라고, 되새겨 봤어."

"하지만 이즈 씨의 요리가 더 맛있어."

"그건 그렇겠지."

사리는 한 손으로 잔을 든 채로 눈앞에서 지나가는 빛을 잡아 다른 손으로 가지고 놀았다.

"아, 다음에는 반드시 내가 좋은 경치를 찾아낼게! 이벤트가 시작될 테니까 아직 더 기다려야 하겠지만."

"기대할게."

"응! 기대하고 있어!"

사리는 밤하늘을 바라보고 한 손으로 가지고 놀던 빛을 슥 던진 다음, 잔을 비웠다.

"쭉 이렇게 있고 싶을 정도야."

"응응! 예쁘지!"

"후후…… 그래."

말은 그래도 정말로 쭉 여기서 있을 수도 없어서, 가져온 바구니의 내용물을 비운 두 사람은 약속대로 길드 사람들에게 줄 기념품을 챙기고 돌아가기로 했다.

"여기 기념품은 이게 좋겠지."

사리는 그렇게 말하고 별을 몇 개 손으로 잡았다. 그러자 그것은 아이템으로 변하고, 병 안에 들어갔다.

"『별 조각 하나』래."

"인원수만큼 챙겨가자! 사라지진 않겠지?"

"아마도 괜찮을걸."

그리하여 두 사람은 길드 멤버들의 기념품을 입수하고 이벤트 전 마지막 관광을 마무리했다.

에필로그

마지막 관광으로부터 시간이 지나, 제9회 이벤트의 자세한 내용이 드러났다.

이번에는 별다른 전용 필드가 없는 대신, 층마다 기간 한정 몬스터가 추가되어 누적 토벌 숫자에 따라 8층의 일부 요소가 먼저 개방되거나, 모두에게 메달을 준다는 듯했다.

【단풍나무】에서는 그 내용을 보고 아무튼 이번에는 너무 힘을 쏟을 필요가 없을 듯하다며 안심했다.

"길드 랭킹은 없는 것 같으니까. 완전히 플레이어 모두가 얼마나 잡을 수 있는지를 보겠다는 건가."

"나는 추가 몬스터의 소재가 궁금해. 이번 이벤트는 8층과 관련성이 강하다고 하니까, 뭔가 좋은 소재가 있을지도 몰라."

"레벨을 올리는 김에 사냥하면 좋으니까 마음이 편해서 좋은걸. 게다가 모두에게 메달을 준다면 전체적으로 의욕이 생기겠지."

"요새는 고난이도 이벤트만 있었으니까 말이야. 마음 편하게 할 수 있다면 나도 좋아. 마도서도 더 모을 수 있을 것 같고."

"우리도 힘내자, 언니!"

"으, 응! 조금이라도 많이 잡고 싶어. 새로운 스킬도 배우고 싶고…….'"

"다른 길드 대책은 다음 이벤트로 미뤄도 괜찮을까……. 휴, 살았어."

솔직히 지금 당장 PvP를 하라고 해도 사리한테는 힘든 구석이 있었다.

설산의 전투로 완벽한 상태에서 한순간에 무너뜨릴 방법이 얼마든지 있다는 것을 새삼 실감한 것이다. 대책이 될 만한 스킬을 찾아볼 필요가 있다.

"8층에 있으면 상관없지만…… 과연 어떨까."

사리는 장차 찾아올 PvP에 마음이 쏠렸지만, 메이플은 이미 다음 이벤트로 정신이 없는 듯했다.

"오랜만에 많이 잡아야 하는 이벤트야. 하지만 지금은【포학】도 있어!"

메이플이【포학】으로 돌진하는 모습은 7층에 있는 플레이어라면 이미 익숙한 풍경이다. 숨길 필요가 없는 지금, 필드를 돌아다니면서 지정된 몬스터를 잡을 때 부족한 기동력을 보충하기 위한 딱 좋은 스킬이라고 할 수 있으리라.

"그러면 제9회 이벤트는 각자 열심히 하는 걸로 하자!"

모든 플레이어가 힘을 합친다고는 해도【단풍나무】처럼 개개인의 전투력이 뛰어난 길드는 파티를 만들어서 다 같이 이동하면 효율이 떨어진다. 가장 좋은 방법은 각자가 단독으로 싸워서 나타나는 몬스터를 해치우는 것이리라.

【단풍나무】 멤버들도 다른 의견은 없는 듯, 모두가 그 방침으로 상관없다고 했다.

"게다가 뭐든 잡으면 한 마리로 치는 거니까, 사람이 적은 층이나 지역에 가는 게 좋을지도 몰라. 이즈의 말처럼 진짜 보상은 소재일 가능성도 있지."

층마다 추가 몬스터의 레벨이 다르므로, 자신에게 맞은 곳에 가는 것이 가장 좋다.

"다만 기간이 긴 것이 조금 마음에 걸리는걸. 우리에게 여유를 주려는 의도일지……."

신경을 써도 소용없다며, 카스미가 도중에 말을 멈췄다.

게다가 기간이 길다는 점에서 한 가지 떠오르는 사실이 있다. 소를 사냥하는 이벤트 때 메이플이 어떻게 되었는지를 말이다.

메이플 본인과 그때 일을 모르는 마이와 유이, 올인 삼인방은 뭔가 속닥속닥 이야기하는 나머지 다섯 사람을 이상하게 여기면서도 셋이서 이벤트를 향한 의욕을 끌어올렸다.

"다 같이 힘내자!"

"네!"

"또 메달을 받을 거예요……."

그 이야기를 들으면서, 메이플이 또 탈선할지도 모르는 기쁜

지 무서운지 알 수 없을 이벤트 기간을 대비해, 【단풍나무】는
마지막 레벨업에 전념하게 되었다.

후기

　문득 눈에 띄어서 10권을 집어 주신 여러분, 처음 뵙겠습니다. 이전 권부터 읽어 주시는 분은 계속해서 응원해 주셔서 매우 감사합니다. 안녕하세요, 유우미칸입니다.

　10권이 되면서 권수도 두 자리가 되고, 여기까지 온 것이 정말 기쁩니다. 10권에 도달할 때까지 참 많은 일을 경험했습니다. 만화판 기획, 모바일 게임, TV 애니메이션, 하나같이 경험한 적이 없었던 일로, 오로지 여러분 덕분에 지금이 있다고 느낍니다.
　자, TV 애니메이션은 어땠을까요? 즐겁게 봐 주셨다면 다행입니다. 원래는 문장만으로 시작한 이 이야기도, 지금은 캐릭터에 성대가 생기는 상황까지 왔으니까, 즐거운 한편으로도 너무 대단해서 무섭기도 한, 참 신기한 기분이 듭니다. 어쩌면 지금은 서적의 문장에서 캐릭터의 표정과 목소리가 더욱 선명하게 느껴질지도 모릅니다. 물론 기술이 발전해서 그런 것이 아니라 많은 사람이 여러 가지 형태로 지원해 주신 결과겠지만, 혼자서 시작한 것이 여기까지 왔구나 하는 생각이 새삼스럽게 듭니다.

그리고 속편 정보도 차분하게 기다려 주셨으면 좋겠습니다. 여러분께 메이플과 친구들의 모험을 다시 전달할 수 있도록, 저도 힘내겠습니다!

그리고 10권 이야기를 해 보자면, 이야기가 조금 일단락되면서 1권과 비슷한 분위기가 되었습니다. 메이플과 사리의 탐색과 관광, 그리고 메이플 일행의 새로운 관계와 미래를 앞으로도 즐겁게 봐 주셨으면 좋겠습니다……. 생각해 보면, 새로운 캐릭터의 모습이 여러분의 머릿속에서 금방 일치하는 것도 달라진 점이네요. 메이플이 어떻게 생겼는지, 처음으로 일러스트가 될 때까지 1년 넘게 걸렸으니까 말이죠. 체감으로는 눈 깜짝할 사이인데, 정말로 시간이 많이 지난 것 같습니다.

이렇게 돌이켜 보기만 했는데, 이번에는 이쯤에서 마무리하겠습니다. 자꾸 말하는 거지만, 만화판, 모바일 게임, TV 애니메이션, 물론 서적도 앞으로 계속 잘 부탁합니다!

꽤 오래 이어지고 있지만.
아직 메이플 일행의 이야기는 다음이 있으니까.
앞으로도 부디 응원해 주시길 바랍니다.

그리고 언젠가 11권에서 만날 날을 기대하겠습니다!

유우미칸

아픈 건 싫으니까 방어력에 올인하려고 합니다. 10

2023년 02월 15일 제1판 인쇄
2023년 02월 20일 제1판 발행

지음 유우미칸 | **일러스트** 코인

옮김 JYH

발행 영상출판미디어(주)
등록번호 제 2002-000003호
주소 21315 인천광역시 부평구 부평대로 283 A동 702호
전화 032-505-2973(代)

ISBN 979-11-380-2363-4
ISBN 979-11-319-9451-1 (세트)

ITAINO WA IYA NANODE BOGYORYOKU NI KYOKUFURI SHITAITO OMOIMASU. Vol.10
ⓒYuumikan, Koin 2020
First published in Japan in 2020 by KADOKAWA CORPORATION, Tokyo.
Korean translation rights arranged with KADOKAWA CORPORATION, Tokyo.

구매 시 파손된 도서는 구매처에서 교환하실 수 있습니다.
기타 불편사항, 문의사항이 있으신 독자님께서는 노블엔진 홈페이지
[http://novelengine.com] 에서 Q&A 게시판을 이용해 주시기 바랍니다.